那些大人物
寫給孩子們的信

伊莉莎白·科爾森
安娜·甘斯華特·奇滕登 —— 選編
孔謐 —— 譯

林肯、狄更斯、安徒生、孟德爾頌、海倫·凱勒……

踏上未知旅途，一覽生活無盡希望

Children's Letters

A Collection of Letters Written to Children
by Famous Men and Women

28位父執輩與孩童間誠摯動人的交流

那一刻，所謂「偉人」也拋卻高貴的身分，
像親暱的朋友一樣，對純潔靈魂釋出最平等的善意——

目錄

CONTENTS

前言

本書是世界名人寫給孩子們的書信集。

如果你要等到自己老了才能感受到成年人之間通信的樂趣,那麼你將會從孩子們現在給你的信件中失去很多樂趣。

我們在本書裡收集了一些信件,供你賞讀。這些信件是不同國家與不同時代的名人所寫的,裡面包括描述一些古怪或者有趣事情的信件。你可以在這些信件中讀到一些寓言故事以及真實的故事,雖然這些信件上沒有寫著你的名字與家庭地址,但我們依然希望你會喜歡這些信件,因為這些信件就是寫給很多適齡的男生女生的。

伊莉莎白·科爾森

安娜·甘斯華特·奇滕登

PREFACE

■ 菲利普斯・布魯克斯

Phillips Brooks，西元 1835 ～ 1893 年，美國作家、教育家和聖公會牧師。曾長期擔任美國波士頓三一教堂教區牧師、馬塞諸塞州執行主教等公職。出生於知識分子家庭，早年就讀著名美國公學 —— 波士頓拉丁語學校，1855 年，年僅 20 歲的布魯克斯從哈佛大學畢業。1859 年，布魯克斯有完成了維吉尼亞神學院的全部課程。之後返回波士頓拉丁語學校任教師，後出任哈佛大學的學監、神學院教授和牧師多年，如今在波士頓著名的三一教堂有菲利普斯・布魯克斯的紀念碑和雕像；在哈佛大學的哈佛園內有以其命名的學堂。他也曾是海倫・凱勒的信仰領路人和導師，後將海倫・凱勒介紹給了安妮・蘇利文（Anne Sullivan Macy）女士。

菲利普斯・布魯克斯給他的姪子的信件

著名牧師菲利普斯・布魯克斯非常喜歡孩子。雖然他沒有自己的孩子，但他的姪女就像是他的親生女兒一樣。在波士頓居住的時候，他經常會過去看自己的姪女。當他不在波士頓的時候，他們也會經常以書信的形式進行交流。

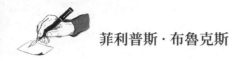

菲利普斯・布魯克斯

　　布魯克斯主教平時的工作是非常忙碌的，工作也非常勤奮，這讓他感到身心疲憊。有時，他不得不要因為公務而到國外出差幾個月。在離開的這段時間裡，他總是掛念著自己的小姪女，因為他經常在信件裡這樣寫道：「我希望妳現在跟我在一起！」或者「如果妳現在在這裡就好了！」他在遊覽許多陌生地方時所感受到的樂趣，都被他以文字的形式寫下來了。下面就是幾封他寫給姪女的信件。

西元 1882 年 8 月 13 日，威尼斯
親愛的格蒂：

　　當威尼斯的小孩想要洗澡的時候，他們只需要走出房子的前門，直接跳到大街上，因為所謂的大街就是由河道組成的。就在昨天，我看到了一名護士站在前門的階梯上，手裡拿著繩索的一端，繫在一個正在水裡游泳的孩子身上，然後將這個孩子拉上來。我還看到另一個年輕人在街道上游泳，她的母親將他繫在大門旁邊的柱子上，防止他游到另一邊去找其他男孩子們玩耍，另一個男孩也被繩索繫了起來，因此他們只能大聲喊叫才能進行交流。

　　這是不是一座很有趣的城市呢？在這座城市裡轉悠，妳始終面臨著可能會撞到別人，甚至是讓別人掉在水裡的危險，因為妳出門乘坐的交通工具是船隻而不是馬車，這裡的人們出門都是划著船槳而不是坐在馬背上的。但這座城市非

常美麗，這裡的人也非常友善，特別是這裡的孩子都非常陽光與帥氣。當妳晚上在家裡安逸地坐著的時候，妳會聽到窗戶下面傳來音樂，這是某個人划著一條小船，他正拉著小提琴，船上的一位女性正在唱著歌，他們所唱的小夜曲會讓妳感到迷醉。可以肯定的是，當他們唱完之後，是有錢拿的，因為這裡很多人都這樣做，但是他們唱的非常好，整個過程非常有趣。

　　妳要記得跟蘇斯說，我這一次並沒有見到女王。女王出城了，不在這裡。但是，很多名人與皇子都想知道托迪最近的情況，想知道她現在過得怎麼樣，我已經將她的愛意全部表達出來了。

　　妳在安多弗肯定有很多不少的趣事可以做吧！我想妳那裡的夏季肯定非常美好吧！不用過多久，妳就要回到波士頓了。當妳回到波士頓之後，記得要去我的房子，看看多爾與她的孩子過得是否好（但記住不要拿走她們），妳可以打開音樂盒聽一下音樂。還有，妳要記住永遠愛妳的叔叔。

菲利普斯

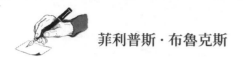

菲利普斯·布魯克斯

西元 1882 年 9 月 24 日，星期六，輝騰伯格

我親愛的艾格尼絲：

幾天前，我在柏林的時候收到了妳的信件，這讓我非常高興。妳能給我寫信實在是太好了，而且妳寫的信也非常好。

妳是否聽過輝騰伯格這個地方呢？要是妳翻看地圖的話，就可以看到這個地方就在柏林的不遠處。馬丁·路德生前住在這裡的時候，這裡是一處非常有名的地方。當時馬丁·路德就是在這裡的教堂裡發表布道演說的，我剛剛聽到鐘聲發出了聲音。當年的馬丁·路德就在這裡的一處房間裡創作著他的作品。我相信妳對馬丁·路德已經非常了解了。如果妳還不是很了解的話，可以去問問托迪，她知道有關路德的一切內容。在這個房間裡，妳可以看到路德當年使用過的桌子，窗邊的椅子正是馬丁與他的妻子當年坐下來進行交流的地方。他還建造了一個很大的壁爐，讓原本溼冷的房間變得暖和起來，房間裡面還有他的半身像，這是在他死了之後掛上去的。除此之外，房間裡的一切似乎與馬丁·路德生前的擺設完全一樣。在過去這三百年的時間裡，這一切似乎都沒有改變過。要知道，三百多年前，妳的爸爸、媽媽或者妳的蘇珊阿姨都還沒有出生呢。

這是一座很有趣的古鎮。比方說，現在是晚上十二點了，我能聽到音樂聲。我探出頭往窗外看，發現一個樂隊還

在古老的教區教堂裡演奏著讚美詩歌。透過窗戶，我能看到集市，集市上有兩尊雕像，其中一尊是馬丁·路德的，另一尊則是黑蘭頓的，黑蘭頓當年也是路德非常要好的朋友。要是妳想了解此人的話，格蒂會告訴妳的。這裡房子的形狀是極為有趣的，前門都刻著許多有趣的名言，或者畫著一些畫。我昨天從柏林來到這裡，準備在接下來的幾週裡遊覽一下德國。柏林這座城市非常棒，我真希望我能夠講述我在週五去一家公立學校參觀的情景。我看到了一千名男生與一千名女生，他們的德文非常難，難度之大，會讓妳嚇得要命。

告訴蘇斯我非常感謝她寄來的這封有趣的信件，希望她能繼續給我寄信。妳以後一定要繼續給我寫信。告訴家裡人我非常愛他們。要記得愛妳的叔叔哦。

菲利普斯

西元 1882 年 11 月 19 日，維也納大酒店

親愛的格蒂：

　　這封信的內容妳不能給別人看啊！如果妳跟別人說的話，那麼這個冬天我都不會給妳回信了。所以，妳要記住我所說的話。妳也知道耶誕節就要來臨了，我想自己很難趕在耶誕節之前回家了，因此我希望妳能夠幫我給孩子們買一些耶誕節的禮物。今年，大一些的孩子將沒有禮物了。但是，我又不想其他的孩子在過節的時候沒有禮物拿，因此我希望妳能幫幫我，記得給艾格尼絲與托迪買一些禮物，在平安夜的時候將禮物塞進長襪裡面，接著，妳可以問自己到底想要什麼樣的禮物，同時不告訴自己，那麼妳到時也可以得到一份讓自己感到驚訝的禮物。之後，妳要坐下來，認真思索一下約瑟芬・德・霍爾夫以及其他在斯普林菲爾德居住的孩子，當然這些孩子叫什麼名字我是忘記了。要是可以的話，妳也可以在平安夜將一些禮物送給他們。妳能幫我做到嗎？妳只需要為每個孩子購買價值五美元的禮物就可以了，如果妳讓妳的父親看這封信，那麼他就會從我那裡取出一部分錢給妳。如果妳這樣做的話，就違背了我們之間的約定了。但是在給斯普林菲爾德的孩子買禮物的這件事情上，妳可以與妳的父母商量該怎麼去做。妳可以跟他們談論這件事，但在平安夜之前，妳不要讓那些孩子知道這件事。接著，妳可以在

妳的耶誕節來信中告訴妳是怎麼做到的。

　　我在這封信談論了許多這方面的內容，因此我沒法詳細跟妳談論維也納這個地方的情況。其實，這座城市也沒有什麼好說的。這是一座非常宏偉的城市，有著許多豪華的房子與美麗的圖畫，還有精美的商店以及漂亮的人。但是，我認為奧地利人其實與難看誠實的德國人差不多。妳認為呢？

　　也許，妳能在感恩節的時候收到這封信。如果妳在那時候收到這封信，記得要為我搖一下火雞的腿，告訴「牠」我很遺憾今年不能回來，但是我明年肯定會回來的！記得告訴我多麼愛妳們。前幾天，我收到了妳們的蘇珊阿姨寄來的一封有趣的信件，等雨晴了之後我就準備返家了。妳在家要乖乖的，學習也不要太勤奮了，還有記住保守我們之間的祕密。

愛妳的叔叔菲利普斯

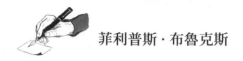
西元 1883 年 1 月 7 日，傑伊普爾

我親愛的格蒂：

　　我真希望妳昨天是跟我在一起啊！那樣的話，我們就能共同度過一段美好愉悦的時光。如果妳昨天在這裡的話，妳就會在早上五點鐘起床，因為六點鐘的時候馬車就會來到大門口，此時我們必須要吃完早餐。但在這個國家，妳所做的任何事情都必須要很早起來去做，這樣做的目的是為了避開太陽發出的炎熱光芒。這裡的中午是非常熱的，但在晚上與早上的時候卻非常冷。好了。當我們乘坐馬車來到城鎮的時候（因為我們所停留的平房其實是在外面的），太陽就會從東邊升起來，將整天街都照的通紅通紅的。

　　城鎮的建築都是刷成了粉色，因此妳能看到這是世界上最古怪的地方。在粉色的房子外面，妳可以看到一些房子外掛著圖畫，其中一些畫還是非常莊重與有趣的。當妳乘坐馬車經過這條街道的時候，妳會覺得非常有趣。此時的街道上已經有很多駱駝、大象、猴子在穿行，還有一些哆嗦著腳步走路的女性，一些男性則像是猴子那樣在說著話，而猴子以及赤裸著身子的孩子則在灰塵裡打滾，他們都在玩著傑伊普爾這個地區專屬的一種遊戲。所有像妳那麼大的小女孩都在鼻子上掛著珠寶，而所有的女性都有這樣的打扮，看上去還是好看的。我也為了妳買了一個可以掛在鼻子上的珠寶。我

回家之後就會將這個禮物送給妳。我還為蘇斯買了一個同樣可以掛在鼻子的紐扣，這是較小的孩子穿戴的。妳可以想像一下，要是妳佩戴這樣的東西上學，每個人都會崇拜妳的。

當我們乘坐馬車來到這座粉色城鎮的另一邊，就漸漸接近古鎮了。據說，這座古鎮已經荒廢了一百多年了。當時的牧師對王侯或者這裡的國王說，他們不應該在一處地方居住的時間超過一千年，因為當時這座古鎮的歷史已經差不多有一千年了。於是，國王就決定離開這座古鎮，在距離古鎮五里之外的地方興建了現在那座粉色的小鎮，因此現在的古鎮只有乞丐以及許多猴子居住在以前華麗的宮殿與廟宇裡面。當我們沿著這個方向繼續前行，就會看到田野裡到處都是孔雀以及各種顏色鮮豔的小鳥。在池塘以及小溪旁邊，我們可以看到鱷魚正在探出慵懶的頭顱，死死地盯著我們。

山丘上有許多老虎與土狼，但是這些動物不敢下到城鎮這邊，因為我看到一些人將一個月大的老虎或者土狼困在一個籠子裡，雖然這些動物還很小，但是牠們的凶殘性已經顯露出來了。哎，真是可憐的傢伙啊！當我們來到古鎮的入口，發現這裡有一頭非常偉岸的大象正在等著我們，這是這裡的王侯特別派來的，他同時還派來了馬車。大象的身軀與頭部都特別粉刷了顏色，看上去就像一個龐然大物一樣。大象彎下身子，我們沿著梯子爬上大象的後背，然後大象就背

著我們上山了。我很擔心這頭大象會認為美國人是非常沉重的，但我不知道牠在背妳的時候是否也會這樣想。當我們沿著山丘向上走的時候，可以看到身後有一個人領著一頭黑色的山羊。當我詢問他這樣做的原因時，他們說這頭山羊是用來祭祀的。看來，在山上還有一座古老的廟宇，這頭山羊則會被帶到廟宇裡，然後殺了當作祭品供奉古老的神靈，讓神靈從中感到快樂，做出一些友善的行為。但是一位具有仁慈心理的王侯阻止了此人這樣做，現在他們每天只是牽著一頭山羊去祭拜古老的神靈，看來古老的神靈也同樣喜歡這樣不流血的祭祀方式。

當我們進入古鎮之後，發現這是一個充滿野趣的地方──這裡與湖泊、廟宇、宮殿、門廊以及各式各樣用大理石以及精緻的石頭做成的建築，還有很多好看的長尾猴子在四處跑來跑去。但是，我必須要跟妳說一下這個古老的神靈。在我回家的時候，我看到了他們切掉了那隻可憐的山羊的頭部。難道妳還敢說妳不想跟我一起過來嗎？

記得將我的愛意傳遞給妳的父親與母親，還有告訴艾格尼絲與蘇斯，我愛她們。我真的很想知道妳們的耶誕節過的怎樣了，想知道妳得到了什麼樣的禮物。要想念妳的叔叔哦。

菲利普斯

我親愛的格蒂：

　　我覺得，我們之間最近的通信似乎越來越少了。我在印度旅行的時候，可能就沒有收到過妳的一封信。我真希望能夠經常經常收到妳的來信，因為我想要將妳的來信給這裡的王侯們以及其他著名的人士看，讓他們知道美國的孩子能夠寫出非常好的信來。但是，我現在已經離開了印度。在過去十天裡，我們一直在不斷航行，經過了去年十二月經過的那個航線。這個星期二，我們的船經過了亞丁灣，在這個地方停留了六個小時。我來到岸邊，乘坐馬車到鎮上逛了一下，之後又來到這裡的鄉村看看。如果妳跟我在一起的話，那麼妳就會看到神色莊重的駱駝，看著許多莊重的阿拉伯人背著東西走路，似乎他們在穆罕默德時期就已經開始這樣做了。我想我在兩頭瘦削的駱駝上遇到了「亞薩克」與「雅各」，地方是在亞丁門之外。我問他們伊撒爾怎麼樣了，但「雅各」看上去有點抓狂，無法回答我的問題，接著很快就走開了。因此，我沒有跟他們有什麼交流。但我能感覺到這就是他們，因為他們看上去就像是《聖經》裡面的人物。

　　因為我們現在就在紅海上航行，在這週一晚上的時候，我們就會再次來到蘇伊士運河。我會在這裡與同伴們道別，他們會在埃及停留一段時間，然後前往巴勒斯坦。而我則要乘坐同一艘汽船前往馬爾他與直布羅陀海峽。這艘汽船的性

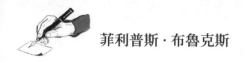
能很不錯,有很多孩子都在汽船的甲板上玩耍。在大部分的時間裡,他們都在打鬧著,其他時間都是在哭泣。他們經常會到甲板上,此時所有的母親都會對他們大聲吼叫,雖然我不知道為什麼她們會如此緊張自己的孩子。我覺得,沒了這群小鬼在胡鬧,還是清淨了許多。要是妳、艾格尼絲或者托迪在這裡的話,那麼我的心情肯定會非常好的!

　　人們要在甲板上舉行祈禱儀式。我發表了一篇布道演說,很多人都在認真地聆聽。其實,我更願意在三一教堂裡發表布道演說。

　　我希望妳能有一個開心的復活節假期。我想我的復活節肯定是要在馬爾他度過了。我希望明年在復活節的時候,妳能過來跟我一起吃頓晚飯。千萬不要忘記這點啊!告訴托迪我愛他。

永遠愛妳的叔叔
菲利普斯

西元 1883 年 3 月 19 日，維羅納號汽船

親愛的約瑟芬小姐：

　　告訴我，妳是否見過像這些出沒大海的孩子這樣古怪的孩子呢？他們的拳頭很有意思，他們的手腕上都掛著環狀物。一些孩子幾乎沒有穿衣服，一些孩子的鼻子上則掛著珠寶。他們的腳腕處都套著一個銀色的腳鐲。他們的耳朵也佩戴著有趣的東西，脖子上掛著一串珠子。他們在走路的時候發出咯咯笑聲，他們說著古怪的話語。妳可以看到他們在相互擁抱，玩著只有他們才能懂的遊戲。其中一個人孤獨地坐在那裡，她的頭髮全部剃光了。妳想要知道她的名字嗎？他們其中一個人名叫潔芬琪·哈梅斯，一個叫布達漢達·阿利奇·巴斯，還有一個叫蒂登迪·漢克·薩斯。

　　我在傑伊普爾古老的大街上看到了很多這樣的情景。他們似乎從來都不會哭泣或者發出笑聲。但是，他們就像是圖畫那樣，每個人都保持著清醒的頭腦，他們在龐大的集市上蹲下來，而一些印度人則在口沫橫飛地殺著價錢，希望糧食的價格能夠更低一些。當這場殺價的遊戲結束之後，每一位母親都會讓孩子們坐在她們的膝蓋上，然後彎著腰慢慢地走路。他們臉上顯得非常滿足。就這樣，她們與孩子的一天就這樣度過了。

　　我的小女王，難道妳不為自己有約瑟芬這個名字而感到

高興嗎？難道妳不為自己生活在斯普林菲爾德而不是傑伊普爾而感到滿足嗎？妳的教名是葉寒與哈迪嗎？同時，妳擁有一個完整的鼻子，腳趾上也沒有套上什麼圈圈環環之類的東西。總而言之，妳沒必要帶上那樣的帽子，沒有必要成為印度人那種樣子。但是，我想妳肯定想知道粗野之人到底是怎麼樣的。那麼妳就給我寫信吧！

永遠愛妳的叔叔

菲利普斯

西元 1883 年 8 月 19 日，星期六，特蘭托

親愛的格蒂：

　　前幾天，我給妳買了一件非常好看的禮物，這肯定是妳之前從未見過的。即便妳在接下來三週時間裡每天都猜想兩次，也肯定猜不到我給妳買了什麼禮物。現在，我還不能告訴妳這是什麼禮物，因為我希望妳看到時能夠感到驚喜。我現在也等不及想要將這份禮物送到妳的手上了。妳現在肯定是很想要我給妳買的禮物吧！因為再過五個星期，我就能在克拉倫登大街上看到妳了，我們之前就在這裡度過了許多美好的時光。妳只需要想像一下，就會覺得這是一件多麼有趣的事情！我們可以打開音樂盒，播放音樂，點燃房子的所有煤油燈，然後從櫥櫃裡拿出所有的玩偶，用一條紅色的餐

巾將托迪裝扮好，然後將它放在學習桌上，讓它向妳問三聲好！我們還會買來一些薑餅與檸檬來吃。

　　除了前幾天我給妳買的那份禮物之外，我還給妳買了許多好東西。無論妳猜多少次，也絕對猜不到我到底給妳買了什麼禮物。但這也正是其中的絕妙之處。當妳看到了這些禮物之後，妳的興奮之情會讓妳的風溼病一下子全好了。我希望妳到時候身體已經完全康復了。莎倫到底是一個什麼樣的地方呢？妳在回信中千萬不要跟我說，而要當我看到了之後才告訴我。妳肯定有很多話要跟我說的。妳可以跟我說說，耶誕節時候的那封信，為什麼那個糟糕的郵務士沒有送到我手上。

　　我親愛的孩子，我先寫到這裡了。難道妳不想知道我前幾天給妳買了什麼禮物嗎？記得告訴艾格尼絲與托迪我愛她們。

永遠愛妳的叔叔
菲利普斯

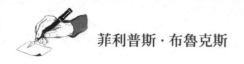

菲利普斯·布魯克斯

西元 1886 年 6 月 20 日，丹佛

親愛的托迪：

　　我昨晚回到這裡的時候，我發現酒店裡一個人非常興奮，他用手將一封信揮舞在空中，然後大聲說：「托迪寄來的信件，托迪寄來的信件！」他剛剛從城鎮大街上的音樂遊行隊伍中走出來，尋找著托迪這封來信的主人。我走上前，告訴他這封信就是寄給我的。他讓我在帽子上寫下自己的名字，然後才將信件遞給我。在我閱讀這封信的時候，很多人都圍了過來。這是一封寫的非常好的信件，他們都發出了陣陣的歡呼聲。我想我必須要立即給你回信，雖然我在前幾天給艾格尼絲回信的時候就說過，在我回到美國之前，不能給任何人寫信。

　　現在我正在回家的路上，下個星期六，我就能回到克拉倫登大街了。一些有一百多名妻子，讓人感到可怕的摩門教徒，還有猴子、水牛與紅皮膚的印度人都將離我遠去了。我將能夠再次見到你了。我迫不及待地想要見到你，因為西方的那些人並不像你那麼友好。我在今天早上要向他們發表布道演說，想要讓他們成為更好的人，告訴他們是時候上教堂去了⋯⋯

永遠愛你的叔叔

菲利普斯

■ 馬丁・路德

Martin Luther，西元 1483 ～ 1546 年，德國基督教神學家，宗教改革運動的主要發起人，基督教更正派信義宗教會（即路德宗）的開創者，曾是羅馬大公教奧斯定會的修士。提倡因信稱義，反對教宗的權威地位。他翻譯的德文聖經影響深遠，促進了基督教在德國的發展。馬丁・路德在曼斯費爾德鎮長大，是九個孩子中的第八個。他的父母親對他極為嚴格，1488 年還不到 6 歲，路德就進入了當地的拉丁文學校就學，1497 年 13 歲那年，路德在馬格德堡待了一年，教導他的是中世紀晚期出現的共同生活弟兄派（Brethren of the Common Life）的教士。1498 年 14 歲，他的父母將他送到埃森納赫學習。路德後來稱他早年的那段時間如同煉獄，但實際上他還是受益匪淺，他對拉丁文、修辭學、邏輯學、神學、音樂的知識，都是在那時候打下的基礎，他對埃森納赫的老師也很敬佩。路德很喜愛音樂，在埃森納赫當地的教堂詩班唱詩，還與其他的孩子們共組了一個唱詩班，到別人家裡演出，賺得一些小費。

西元 1501 年，17 歲的路德進入圖林根有名的埃爾福特大學哲學系就學，開始的時候他在班級裡面排名很

低，但他非常用功，漸漸名列前茅，於 1505 年取得法學碩士。路德學習了亞里斯多德的學說。亞里斯多德的學說從 13 世紀湯瑪斯‧阿奎那（St.Thomas Aquinas）開始成為中世紀經院神學的基礎，亞里斯多德強調人的邏輯和實證，但路德漸漸覺得上帝的愛和上帝的啟示對於人認識上帝更重要。學校裡的教授教導學生不要崇拜權威，要自己實證，這一點路德後來是充分發揮了。路德後來對埃爾福特大學也評價甚低，稱之為酒吧和妓院，學習盡是死記硬背，屬靈貧瘠。路德那時就是一個很敏感、很情緒性的少年，這種個性對他的發展影響很大，促使他後來要迫切地尋求人得救的確據，進修道院、研究聖經，都與此相關。代表作：《致德意志基督教貴族公開書》（西元 1520）、《論基督徒的自由》（西元 1520）、《回到維滕貝格的八篇講道》（西元 1522）、《奧格斯堡信綱》（西元 1530）、《飯桌談話》（西元 1566）等。

馬丁‧路德給家人的信件

　　一些信件是永遠都不會隨著時間的流逝而變得蒼老的，反而能夠長久地顯露清新氣息。信件的紙張可能會漸漸泛黃，墨水的痕跡可能會漸漸消退，但是任何外在的因素都無

法抹去寫下的文字所具有的生命力。德國偉大的宗教改革家馬丁·路德給他的兒子們寫的信件雖然是在西元 1553 年寫的，但直到現在依然像他剛寫的時候那樣，充滿了生命力，雖然這距離現在已經過去了三百多年的時間。

對馬丁·路德來說，讓自己的心智暫時擺脫各種嚴肅與認真的問題，轉向給自己的兒子漢斯寫信，這個過程肯定給他帶來無限的樂趣。

我親愛的兒子：

祝願你能在耶穌基督身上獲得內心的平靜與安詳。看到你非常認真地學習與虔誠地祈禱，我感到非常高興。我的小兒子，我希望你能繼續這樣做下去。當我回到家之後，我會送給你一件非常好的禮物。

我知道一個美麗的花園，很多孩子都經常在這座花園裡散步。他們都穿著金黃色的外套，會在樹下採摘鮮紅的蘋果、梨子、漿果以及李子。他們會在樹下快樂地跳舞，玩得非常開心，他們甚至還有屬於自己的小馬駒，馬駒上面還有這金色的韁繩與馬鞍。我詢問他們這座花園是誰所有的，詢問這些孩子都是誰家的時候，一個人回答說：「這些都是喜歡祈禱的孩子，他們都非常認真地學習，他們的心地都非常善良。」接著我說：「你好，我有一個小兒子，他的名字叫漢斯·路德。他能夠過來這座花園裡遊玩，採摘這裡的蘋果與梨

子，騎上那一匹美麗的馬駒，與那些孩子們一起玩耍嗎？」這個人回答說：「如果他喜歡祈禱，認真學習並且心地善良的話，那麼他可以來到這座花園裡玩耍啊！利普斯與福斯特也是如此（這兩個人都是莫蘭頓的孩子），當他們來這裡玩耍的時候，他們會演奏管樂器、鼓、琵琶以及其他各式各樣的樂器。他們會在這裡快樂地跳舞，有時甚至會練習射箭。」

接著，他帶我看了一下這座花園，花園裡面有一片青草地是用來跳舞的。這裡還有很多純金色的管樂器、鼓以及銀色的弓箭。但因為此時還是一天裡較早的時候，因此孩子們還沒有吃完早餐。我迫不及待希望看到你過來這裡跳舞，於是我就對這個人說：「親愛的先生，我現在要先回家，馬上給我的小兒子漢斯寫信，這樣的話他肯定會虔誠地祈禱，認真地學習，做一個心地善良的人，這樣的話他就能過來這座花園裡玩耍了。但是他有一位非常友好的阿姨，名叫琳娜，他一定要帶著他的阿姨過來這裡玩耍。」此人說：「這樣也可以吧！你可以立即給他寫信，告訴他這樣的情況。」

因此，我親愛的兒子漢斯，你要認真學習，懷著愉悅的心情去祈禱，然後跟利普斯與祖斯圖斯說，他們也需要認真學習，虔誠地祈禱。這樣的話，你們都可以在這座花園裡玩耍。我希望你能永遠信仰全能的上帝。記得告訴你的阿姨琳娜，我同樣想念著她。

永遠愛你的父親

馬丁・路德

在馬丁・路德所處的時代，寫信還不是一件非常普遍的事情。當鄰居們聽說馬丁・路德的信件從路德正在參加重要會議的科堡那裡寄過來的時候，都過來聆聽路德夫人的閱讀。其中一些人對路德在這封信件裡所講的簡單道理感到震驚。他們認為路德這是用輕描淡寫的方式去講述一件非常嚴肅的事情。但是，路德並沒有在意旁人的這些批評。因為他的整個人生都受到很多人的激烈反對。他向民眾發表布道演說，講述了有關上帝的全新思想，告訴他們什麼才是一種全新的信念。

另一封信件同樣是馬丁・路德從科堡寄過來的，這封信是寄給「那些在家裡的椅子上坐著的人」，這當然包括了他在家裡的孩子。下面這段內容是這封信的一部分：

在我的窗戶下面，是一個類似於小森林那樣的果園，一群烏鴉聚集在這裡，似乎正在舉辦午餐會，還有很多人在這裡騎著馬，無論白天還是黑夜，這裡總是顯得非常喧囂，似乎他們整天都在玩耍，喝了許多酒，耍著酒瘋。很多年輕人都與老年人一起聊天，有時我甚至會納悶，為什麼他們能夠講這麼長的時間而不會覺得累呢？要是這些高尚的騎士跟你

在一起的話，你也許就能知道為什麼他們能夠做到這點。在我看來，他們肯定是從全世界各地紛紛趕來，聚集在這個地方的。

我並沒有看到他們的皇帝，但是他們中很多人都顯得趾高氣揚，在你的面前昂首闊步，他們並沒有穿著昂貴的長袍，而是穿著簡樸的制服，他們都在唱著同樣一首歌，年老與年輕的騎士的歌聲中，有一種非常有趣的變調，他們並不在意自己是否擁有豪華的宮殿或者多少人組成的集會，因為他們更加喜歡在美麗的藍天下進行交流，他們的地板就是一片綠色的草地，他們所居住的牆壁彷彿會綿延到地球的另一端。他們不需要戰馬與盔甲，他們有著用羽毛裝飾的輪子，這能夠讓他們遠離任何的危險。毋庸置疑，他們都是非常偉大的騎士，但至於他們到底在談論著什麼內容，我就不是很清楚了。

在一名翻譯的幫助下，我對他們談話的內容有了一些了解，他們正準備計畫一場突襲，這場突襲的目的就是為了搶奪小麥、大麥以及其他穀物。很多騎士都能在這樣的戰鬥中得到勝利，他們也會在這個過程中充分展現自己英勇的一面。

今天，我在這裡第一次聽到夜鶯的歌唱，因為牠們是絕對不會在四月分的時候就出來歌唱的。我這邊的天氣不錯，只是昨天下了一點小雨。你在家那邊的天氣可能跟這裡不一

樣。在此，我希望你能虔誠地信仰全能的上帝，保持家的乾淨與整潔。

這封信是在西元 1530 年 4 月 28 日所寫的。

馬丁‧路德

 馬丁・路德

■ 西德尼・史密斯

Sydney Smith，西元 1771 ～ 1845 年，英國幽默大師、作家、編輯、英國國教牧師。《愛丁堡論壇》(*Edinburgh Review*) 的創辦人。溫徹斯特公學最年輕的入學生，後畢業於牛津大學新學院。代表作:《講道集》、《書信集》、《啟示集》等。

西德尼・史密斯給男孩與女孩的信件

如果我們相信那些老故事所說的，即仙女們會站在新生嬰兒的搖籃旁邊，準備送給他們一份禮物，那麼我們就會覺得她們有時會在枕頭下面留給孩子們一種愉悅的性情。我們都知道接受了這份禮物的人是怎樣的人，也知道這是一份多麼珍貴的禮物。這樣的人會讓這個世界變成一個更加美好與甜蜜的地方。

西德尼・史密斯的人生遇到了很多艱難挫折，他知道飢餓、寒冷與失意到底是怎樣一種感受，但他卻有著一種如仙女們的神奇力量，能夠將嘆息聲變成笑聲。他一開始是從一個小村莊的教區助理牧師做起的，最後在英國倫敦最大的聖保羅大教堂的講臺上發表布道演說。如果教區的信眾根據他給自己的

公牛或者其他各種動物取名字，那麼他對此也會感到高興，因為他認為這就是自己人生的使命之一 —— 讓人們笑起來。

西德尼 · 史密斯非常喜歡孩子，下面這則軼事說明了他當時正處在興致最高的時候。

「他在走路的時候，經常會停下來與村裡的孩子們交談。他的口袋裡始終都裝著一盒糖果，就是用於派給這些孩子們。很多一臉稚嫩的淘氣鬼在看到了糖果之後，都會與他談論自己的一些事情，有時他們還能從西德尼那裡得到一分錢去買一個果餡餅。西德尼說：『這會讓孩子們高興得嘴巴都合不上了。』」

我們非常有幸找到了他當年寫的一些信件，他在信中所寫的內容與他說的話一樣有趣。

下面這封信是寫給他十四歲的兒子道格拉斯 · 史密斯（Douglas Smith）的。

西元 1819 年，福斯頓教區

我親愛的道格拉斯：

你喜歡自己的箱子以及裡面的東西，這讓我感到很高興。你能站在別人的角度去考慮，給我們送來最適合的禮物，這說明你已經在一些細節方面有了很大的提升。

在人類面臨的所有神祕當中，最神祕的是威斯特敏特假

期。如果你在簾幕後面窺探一下，請祈禱讓我們立即知道你即將回家的消息吧！我們這裡下了三到四盎司重量的雨水，接著就停了。我聽說你在倫敦被淋成了落湯雞，我對你這樣的遭遇是非常羨慕啊！我所在的整個教區都快要被長久的雨水毀掉了。我們的財產能不能夠得到保存，完全取決於風何時能夠停下來。如果在下雨前颳風的話，那麼我們都將會被吹到空中，變成塵埃，然後飄落到我們也不知道是什麼名字的地方。我親愛的孩子，願上帝保佑你。我希望我們很快就能在利迪亞德相見。

永遠愛你的父親

西德尼·史密斯

親愛的小吉：

　　感謝你寄來了這份充滿情感的善意信件。我都無法表達你的善意帶給我的美好感覺。我所能記住的是你過來看過我們，我們都覺得你是一個非常友善、心地非常善良，操著蘭開夏郡口音的人。親愛的孩子，願上帝保佑你！我永遠都會喜愛你的，直到你長大成人，說話的時候不帶任何口音，並且嫁給了一個性情極好的丈夫。

永遠愛你的

西德尼·史密斯

西德尼·史密斯從倫敦給露西小姐寫的一封信—

西元 1835 年 7 月 22 日，倫敦

　　露西，露西，我親愛的孩子，千萬不要撕掉妳的連衣裙啊！撕掉連衣裙可不是證明天才的做法啊！像妳母親那樣寫信才能證明妳的天才啊！妳要以母親的行為為榜樣，做一個坦率、忠誠、簡樸、誠實與正直的人，而妳想要撕掉連衣裙的念頭則是與這些毫無關係的。露西，我親愛的孩子，妳要認真學習算術方面的知識啊！妳也知道我曾看到過妳計算錯了數字，妳在這個過程中犯了一些錯誤。妳加上了數字 2，但是妳實際上應該是加上數字 1 的。這難道是小事嗎？要是妳不懂得算術的話，那麼妳的生活將會出現很多恐怖的情景。

　　很快，妳就要前往一座充滿債務的城市布倫，這裡的人對算術都不是那麼熟悉。當妳從那座城市回來之後，我肯定就會突然患上中風，永遠地忘記了與妳有關的一切記憶。因此，在妳臨走之前，我想要給妳一些建議。千萬不要嫁給那些不懂得寬容且壽命不會超過一千年的人。我親愛的孩子，願上帝保佑妳！

永遠愛妳的
西德尼·史密斯

也許，西德尼在信中是想讓露西按照她母親的寫作方式去寫作，而不要仿照他的寫作風格，因為有一個故事是這樣的，某位教區居民想要去聆聽他發表的一場布道演說。西德尼回答說：「我會帶給你非常愉悅的感覺，但是我的寫作方式就像是一大群螞蟻從墨水瓶裡逃出來，然後爬到了一張紙上。」

即便在他患病的時候，他依然能夠尋找到一些樂趣。他曾經以開玩笑的筆調給朋友寫過一封信，他在信中說：「我患有痛風、氣喘以及另外七種疾病，但除此之外，我這個人好好的。」但是，當疾病降臨在其他人身上的時候，他總是展現出自己的憐憫心。下面這一封寫給一位患病男孩的信就能充分說明這點。

寫給馬丁・亨弗里・麥德威的一封信

西元 1836 年 4 月 30 日

聽到你身患重病，我真的很難過。我將每天都給你寫信詢問你的情況，直到你的病情有所好轉。特拉弗斯先生是一位醫術精湛的醫生，我深信你很快就會好起來的。在特洛伊戰爭中，希臘的醫生就曾用乳酪與酒當作藥膏去醫治那些受傷的士兵。在亨利八世的時候，人們會用補鞋匠使用的蠟與鐵銹當作治療的藥物。因此，你現在生活在西元 1837 年的貝克里廣場，其實是非常幸運的。

　　我即將動身前往荷蘭，到了那裡之後我將會給你寫信，告訴你在這邊的一些見聞。麻煩你將我寄給你的信件讀給特拉弗斯先生聽。與此同時，我的親愛的亨弗里，我希望你儘快康復，願上帝保佑你！

永遠愛你的

西德尼‧史密斯

寫給查爾斯‧福克斯的一封信

西元 1836 年 10 月

我親愛的查理：

　　如果你之前留意過動物的一些習性，就會發現驢子在開門的時候是非常精明的。要想阻止牠們開門的方法就是使用兩條門閂，而不是一般的一條門閂。人類有兩隻手，能夠同時將門閂拿開，但是驢子只有一個鼻子，當牠們將第一個門閂抬起來的時候，第二個門閂就會掉下來。博布斯（西德尼的弟弟）與我就曾有幸看到驢子是如何認真解決這個問題的。驢子走著走著，被一扇門擋住了去路。驢子停下來認真觀察著，想要解決這個問題。牠們非常熟練地抬起了第一個門閂，但卻發現第二個門閂無法打開。為了獲得最後的勝利，牠不得不放棄第一個門閂，轉而抬起第二個門閂，但卻獲得

了同樣的結果，因為就在此時，第一個門閂掉下來了。牠嘗試了兩到三次，讓牠感到無比驚訝的是，牠始終只能得到相同的結果。這隻驢子狂叫起來，顯得非常沮喪，博布斯與我看到此景哈哈大笑起來，對阿姨說她有兩隻手，這要比驢子更加優越一些。我向你提起這件事，是想要讓你知道千萬不要對這種動物抱有任何幻覺，因為它在這問題上會表現的非常棘手。你也不要將這件事告訴瑪麗女士。我希望你們兩人明年能夠過來這裡。

永遠忠誠於你的

西德尼·史密斯

 西德尼·史密斯

■ 查爾斯‧金斯萊

Charles Kingsley，西元 1819 ～ 1875 年，英國文學家、學者、神學家、歷史學家、博物學家、社會學家、小說家和詩人。他擅常兒童文學創作，作品具有世界聲譽。1851 年在長篇小說《阿爾頓‧洛克》中宣揚其社會改革思想。1859 年成為維多利亞教區的牧師，1873 年成為清教徒。因誹謗羅馬天主教牧師而引起與紐曼主教之間的爭論。其他作品還有《向西方！》（1855）、《水孩兒》（1863）以及歷史演義和歷史學講義。金斯萊出生於德文郡達特木（英國西南部一荒野的丘陵地）附近的小鎮荷恩‧維卡里奇，但他的童年時光大多在芬縣的巴納克鎮和德文郡的克洛夫萊鎮度過，這些都是英國西部沿岸的漁村。後來到英國皇家學院、倫敦大學和劍橋大學讀書，學習的是法律。畢業於劍橋大學。1842 年，他被任命為漢普郡埃弗斯利（Eversley）的助理牧師，於 1844 年成為教區長。此後他一直擔任這一職務直至去世。他幫助創立了基督教社會主義，一場將基督教教義和社會主義原理相結合的改良運動。1860 年至 1869 年他擔任劍橋大學的歷史教授。1869 年被任命為賈斯特大教堂牧師，最後，1873 年被任命為英國最著名的大教堂西敏寺的牧

師。成為英國維多利亞女王的牧師。1864 年，金斯萊在一篇發表於《麥克米倫雜誌》（*Macmillan's Magazine*）的評論文章中對天主教神父的真誠性提出了質疑。隨之引發的爭論激發約翰‧亨利‧紐曼寫出了他著名的自傳《生命之歌》（*Apologia Pro Vita Sua*）。

查爾斯‧金斯萊在旅途中所寫的信件

在耶誕節這天，金斯萊的孩子發現他們得到的禮物是父親所寫的一本新書，並且這本新書是寫給他們的時候，他們都感到非常高興。在書的扉頁，他們就看到了這樣的文字：「在這個無限美好的耶誕節，當上帝創造的人類都歡聚在一起，祝福所有那些得到拯救的人。你們可以與我的許多朋友相聚。他們都會在耶誕節期間過來拜訪我們。每個人都會崇拜全能的上帝，他們會跟你說一些古老的傳說故事。當他們像你這麼大的時候，他們同樣喜歡聽這些故事。」

查爾斯‧金斯萊為他的孩子羅斯、莫里斯與瑪麗創作出了《英雄》一書。父親在百忙之中抽出許多時間為他們寫了這本書，這肯定會讓他們感到無比高興的。金斯萊經常寫信。當他不在家的時候，孩子們都會收到他許多有趣的、講述旅行見聞的信件。

一天，瑪麗收到了父親的一封信，透過內容來看，金斯萊寫這封信的時候應該是在法國的貝永地區，但這封信卻並沒有標明日期。

我親愛的瑪麗：

我寫的這封信很長，跟妳講述一些我在旅途中見到的各種事情。首先，我在這個地方見到了許多非常好看的孩子，這些孩子跟英國的孩子長得很像，但是他們有著黑色的頭髮與眼睛，他們的衣著非常整潔，他們會自己編織條紋襪子，他們所穿的巴斯克鞋子是用帆布做成的，他們還穿著用紅色與紫色毛線做成的衣服。所有的孩子都到尼姑們開辦的一所學校學習，我認為那些可憐的尼姑對這些孩子非常友善，因為他們經常放聲大笑，到處玩耍。我覺得，孩子們玩耍的時間幾乎持續了一整天。在夏天的時候，絕大多數的孩子都是不穿鞋子與襪子的，因為他們不需要穿。在冬天的時候，他們都會裹得嚴嚴實實的。我沒有見到一個衣衫襤褸的孩子，也沒有見到一個看上去比較悲慘的孩子。這裡的孩子都不帶軟帽。年齡很小的孩子會帶著白色的帽子，而七八歲的孩子則會帶著毛織帽子，帽子的顏色非常鮮豔，而女孩子後面的頭髮上則繫著一個很好看的絲巾，男孩與男人都帶著藍色或者猩紅色的帽子，就像是蘇格蘭人那樣子，帽子的形狀與蘑菇差不多，除此之外，他們還繫著腰帶。這裡的公牛的皮是

黃色的，性情比較溫和，看起來也很聰明，這裡的人會讓這些公牛去做自己想讓牠們去做的事情。我回家之後，會為妳畫出一幅公牛馬車的圖畫。這裡的河岸堆著許多巨大的木杖，木杖的高度與屋簷的高度差不多。這裡的人將這些木杖繫在一根杉篙上，使之變成一根很長的木棍，然後他們就坐在岩石上，釣著河裡面的劍魚，順便說一下，這裡的劍魚有著金色的頭部。岩石上還有很多散發出芳香的紫色花朵，樹叢裡長滿了水仙花，而百合花足足長到了四英尺高，盛開著白色與紫色的花朵。就在昨天，我在森林裡看到了法國與英國進行了一場慘烈的鬥爭 —— 在這個樹林裡，很多勇敢的人都埋在下面，最後為水仙的盛開提供養分。因此，這些犧牲的士兵們可以說是「睡在水仙花的草地上」，就像荷馬裡提到的古希臘英雄。這裡有很多海芋屬的植物生長在河岸邊，其數量是我們那裡的兩倍之多，這裡的植物不是紅色的，不是白色與報春花那樣的顏色，顯得非常美麗。妳想像不到一些平常的事物都可以充滿美感的，這就像是一個到處都是花朵的花園，裡面有著金黃色的荊豆，有著白色的金臘梅，有著散發出香氣的深紅色的瑞香，還有放眼望去許許多多的藍色花朵。我認真觀察了這些花朵。記得跟妳親愛的母親說我一切安好，明天就會給她寫信的。我就說這麼多了。告訴葛蘭維爾他們已經在戰場下挖了一條隧道，因為鐵路會經過這裡

前往西班牙。在隧道的頂端是一個桿狀的東西，還有一個巨大的輪子用來將空氣抽到隧道裡。我會戴一頂猩紅色的巴斯克帽子回家的，還為妳與羅斯帶回來了巴斯克鞋子。

永遠愛你們的爸爸
查爾斯·金斯萊

我親愛的小人：

收到你寄來的這封書寫工整的信件，真的讓我感到非常高興。昨天，我乘坐火車到了一個非常美麗的地方，我現在就留在這個地方。這裡有一幢古老的城堡，這座城堡有數百年的歷史，這裡是法國亨利九世出生的地方，他當年睡的搖籃現在還在，是由一塊巨大的龜甲做成的。城堡下面是美麗的人行道與樹林──這一切都顯得蒼翠碧綠，彷彿一下子就回到了夏天一樣。這裡有美麗的玫瑰花與各種各類的花朵，各種鳥類整天都在放聲歌唱──但是這裡的小鳥與英國那邊的小鳥是不一樣的。這裡之所以還是夏天的氣候，是因為這裡地理位置偏南方。在城堡下面的河邊，有很多狐狸經常發出咯咯聲，這裡的狐狸發出的吼叫聲就像是玩具狗發出的聲音，這裡的狐狸還會爬上樹木，有時甚至爬到窗邊。這些狐狸的雙腳似乎有什麼具有吸力的東西，牠們的身體軀幹就像是葉子。在城堡的遠端是崇山峻嶺，這裡的高山有一萬英尺

高，山的頂部都覆蓋著積雪，而雲層則似乎是在山頂上匍匐著前進。我明天就要爬山去看看。當我從山頂上下來之後，我就會告訴你真實的情況是怎樣的。但就在今晚，當我出去之後，我聽到很多狐狸都在叫，發出了讓人內心感到不安的聲音。你在家要注意自己的言行，做一個乖孩子，記得告訴你的母親我非常愛她。這裡的酒店還有一隻禿鷹，但這是一隻很小的埃及禿鷹，跟我在貝永見到的禿鷹完全不一樣。你可以問一下你的母親，要求她翻開鳥類書籍，指給你看哪些是埃及禿鷹。這種禿鷹的外形非常醜陋，牠們專吃死去的馬匹與綿羊。這就是禿鷹的一張圖片……

永遠愛你的父親

查爾斯・金斯萊

查爾斯・金斯萊在創作《英雄》一書的時候，格林維爾的年齡還非常小，無法理解這本書講的到底是什麼內容。因此，金斯萊在在獻詞上並沒有說到要將這本書獻給格林維爾。幾年後，金斯萊夫人提醒了自己的丈夫，說他答應過為每一個孩子都要創作一本書。「羅斯、莫里斯與瑪麗都有了屬於他們自己的一本書，但是嬰兒（這裡指的就是格林維爾）也要有一本屬於自己的書。」金斯萊夫人說。半個小時之後，金斯萊就寫了一個寓言故事《水孩子》的第一章節。

查爾斯‧金斯萊非常喜歡河邊帶來的那種清新與芳香的感覺。而《水孩子》的故事就像是河水上泛起的一陣微風。一些讀者可能還記得裡面的一首詩歌，是河水對名叫湯姆的水孩子所歌唱的：

「清新涼爽，清新涼爽，
歡聲笑語的淺池與充滿夢幻的小湖」

　　這些詩句就像是河水的漣漪那樣，輕輕地掠過我們的腦海，讓我們很容易就能記住。在這首詩歌的第三詩節，河水在入海口的時候歌唱了更為宏大的詩歌：

「強大且自由，強大且自由，
水閘打開了，奔流的河水一直流向大海。
強大且自由，強大且自由，
在我奔騰的過程中讓河水變得越發清澈，
我進入了金黃色的沙子，漫過了一些桅杆，
純潔的浪潮等待著遠方的召喚，
當我在無限的水流中失去了自我的時候，
就像是一個犯下了罪孽的靈魂，等待著再次的寬恕，
任何汙垢骯髒都不會讓我變得骯髒
母親與孩子們，與我一起玩耍吧！在我身上沐浴吧！」

查爾斯·金斯萊

■ 朱利安・赫胥黎

Julian Huxley，西元 1887 ～ 1975 年，英國生活學家、作家、人道主義者。他曾擔任動物學社會倫敦書記（1935 ～ 1942），第一屆聯合國教育科學文化組織總幹事（1946 ～ 1948），亦是世界自然基金會創始成員之一。身為生物學家，他提倡自然選擇，亦是現代綜合理論中在 20 世紀中葉的一位重要人物。朱利安・赫胥黎來自著名的赫胥黎家族，他的同母兄弟是作家奧爾德斯・赫胥黎，他的異母兄弟諾貝爾生理學或醫學獎得主安德魯・赫胥黎同是生物學家；他的父親阿道斯・雷歐那德・赫胥黎（Aldous Leonard Huxley）是作家和編輯，祖父是湯瑪斯・亨利・赫胥黎（Thomas Henry Huxley），湯瑪斯是查爾斯・達爾文（Charles Darwin）的朋友和支持者。朱利安・赫胥黎的外祖父是湯姆・阿諾德（Tom Arnold），大舅是詩人馬修・阿諾德（Matthew Arnold），曾外祖父是湯瑪斯・阿諾德（Thomas Arnold）。

朱利安・赫胥黎是現代演化論創始人，在現代綜合論的奠基人當中，朱利安・赫胥黎為了將新的達爾文主義變成一般的世界觀而盡了最大的努力。赫胥黎的《行為的進化》（1953），顯然試圖簡略新達爾文主義理論

的技術細節，從更廣泛的角度表達出對自然和生命目的的看法。他採納了實證主義哲學，這種哲學認為科學是知識的唯一泉源，他將進化看作倫理道德的新基礎，取代了來自宗教的超驗價值觀。這位作者透過強調在達爾文主義的框架內生命發展所具有的創造性和樂觀方面，以求擺脫機械論的科學觀。他也承認，試圖從人類生物學的角度來解釋社會的做法過於簡單，不再有說服力。重要的是要認知到，人類的出現並不是預先注定的，因為達爾文式進化不具有目的論的特徵；但是希望就在於進化歷程本身將教育人們如何以最佳方式迎接未來的挑戰。人類已經成為地球生命的主宰，現在正在掌握自己的進化命運。事實上，人類可以控制所有生命的未來，衡量人類是否成功的標準是人類將大自然富於創造性的遺產開發到何種程度。赫胥黎認為進化是天然的進步過程，相繼出現更加高級的生命形式；不斷增加超越環境限制的能力，成了衡量進步的標準。因此自由地認知到生命的潛力是最高的善。代表作：《奇異的螞蟻》、《人類的未來》等。

《水孩子》的故事讓一些孩子感到非常迷惑。他們認為這是一個寓言故事，有時這些懵懂的小孩認為水孩子是真實存在的。一個男孩過分沉迷於這個故事，於是就決定去了解一下水孩子是否真的存在。這個男孩是赫胥黎教授的孫子，順便說一下，赫胥黎教授是英國著名的自然學家，他將自己的一生都投入到了研究陸地與海洋上生存的動物當中。

　　朱利安認為，如果任何人能夠告訴他有關這些神祕生物的事實真相，那麼他的爺爺就肯定會這樣做。他之前已經看到了一張圖片，圖片上描繪的是湯瑪斯‧赫胥黎正在檢查著一個裝有水孩子的瓶子，他的手裡還拿著一個放大鏡。於是，他認為自己肯定能夠見到水孩子。顯然，朱利安忘記了金斯萊在本書的獻詞上是這樣說的：

　　「每一個聰明的小傢伙，過來閱讀我出的謎語吧！

　　如果你們不懂得其中的奧妙，那麼任何成年人都將不知道。」

　　這個男孩這樣寫道：

　　「親愛的爺爺，你是否見過水孩子呢？你是否將水孩子放在一個瓶子裡面呢？你是否擔心過這個嬰兒會跑出來呢？我以後能不能去看看呢？」

　　　　　　　　　　　　　　　　　　　永遠愛你的朱利安

 朱利安·赫胥黎

■ 湯瑪斯‧赫胥黎

Thomas Huxley，西元 1825 ～ 1895 年，英國生物學家，因捍衛查爾斯‧達爾文的演化論而有「達爾文的鬥牛犬」（Darwin's Bulldog）之稱。他為了對抗查理‧歐文的理論而提出的科學論證顯示出人類和大猩猩的腦部解剖具有十分的相似性。有趣的是赫胥黎並不完全接受查爾斯‧達爾文的許多看法（例如漸進主義），而且，相對於捍衛天澤理論，他對於提倡唯物主義科學精神更感興趣。身為科學工作的宣導者，他創造了概念「不可知論」來形容他對宗教信仰的態度。他還因創造了生源論（biogenesis，認為一切細胞皆起源於其他細胞）以及無生源論（abiogenesis，認為生命來自於無生命物質）的概念而廣為人知。

赫胥黎生於倫敦西部伊令，是當地數學教師喬治‧赫胥黎 8 個孩子中的第 7 個。17 歲時，得到獎學金，開始在查令十字醫院（Charing Cross Hospital）接受正規的醫學教育。20 歲時在倫敦大學通過他初次的醫學士考試，解剖學及生理學兩個科目都得到最優等成績。西元 1845 年他發表了第一篇科學論文，描述了毛髮內鞘中無人發現的一層構造，此後該層構造即被稱為「赫胥黎

層」。之後，赫胥黎前往英國海軍謀職，而獲得了即將前往托勒斯海峽進行探勘任務的軍艦響尾蛇號駐艦外科醫官的職位。響尾蛇號於 1846 年 12 月 3 日駛離英國，一抵達南半球，赫胥黎即埋首研究海洋無脊椎動物。他開始將他的發現內容寄回英國。他的一篇論文，「論水母科動物的解剖構造及其間的親屬關係」在 1849 年被英國皇家學會的《哲學會報》刊出。赫胥黎將 Medusae、Hydroid 及 Sertularian polyps 合併為一綱，並將其命名為 Hydrozoa 綱。他發現此綱生物的共同點是具有由雙層膜所包圍形成的中央空腔或消化道。這就是現在所稱刺胞動物門（Cnidaria）的特徵。他並且把這個特徵比作存在於較高等動物的胚胎中的漿液性和黏液性構造。赫胥黎的成就受到肯定，而在 1850 年返英時獲選為皇家學會院士。翌年，他不僅以 26 歲的年紀獲頒皇家獎章，而且還獲選為評議會議員。1888 年由英國皇家學會授予科普利獎章（Copley Medal）。他的健康狀況從 1885 年開始惡化。1890 年他從倫敦搬到港口城市伊斯特本，受盡疾病折磨後在那裡去世。赫胥黎家族是英國著名的學術世家，湯瑪斯・赫胥黎的孫子朱利安・赫胥黎爵士是聯合國教科文組織首任主席並創立了世界自然基金會，朱利安的同母弟弟奧爾德斯・赫胥黎是作家，異母弟弟安德魯・

赫胥黎爵士是生理學家，諾貝爾獎得主。赫胥黎的傳世名言：「試著去學一切的一點皮毛，和某些皮毛的一切。」（Try to learn something about everything and everything about something.）

此時的朱利安剛剛學會寫字，還沒有認識很多字，書寫也不是很流暢。但他急切地想要得到爺爺的答覆。湯瑪斯‧赫胥黎對孩子們的心思是非常了解的，這些孩子都需要閱讀與寫字，正如他在研究自然母親的其他有趣的生物一樣。最後，湯瑪斯‧赫胥黎認真地給予了回覆。

親愛的朱利安，我一直不敢確定是否存在水孩子這樣東西。我在水中見過一些嬰兒，也在瓶子裡見過一些嬰兒，但這些在水中的嬰兒其實並不在一個瓶子裡，在瓶子裡的嬰兒其實也不是置身於水中的。

我的那位創作水孩子這個故事的朋友，是一個非常友善且聰明的人，也許，他認為我能夠像他那樣在水中看到很多事物。對於同一樣東西，有些人能夠觀察到很多東西，有些人則幾乎看不到什麼。當你長大之後，我敢說你將會成為那種能夠觀察到許多種東西的人，能夠比水孩子看到更多東西，而其他人卻什麼都沒有看到。

永遠愛你的爺爺

湯瑪斯・赫胥黎

■ 海倫・凱勒

Helen Keller，西元 1880 ～ 1968 年，美國身心障礙者，作家、教育家、慈善家、社會活動家。她幼年因急性腦炎引致失明及失聰。在 1887 年，借著她的導師安妮・沙利文對她耐心的教導和關愛，並找到專家使她學會發音，讓她學會流暢的表達，才開始與其他人溝通並接受教育。海倫・凱勒不但學會閱讀和說話，還以驚人的毅力完成了哈佛大學拉德克里夫學院的學業並於 1904 年畢業，成為有史以來第一個獲得文學學士學位的盲聾人。成年後，她繼續廣泛閱讀刻苦學習，成為掌握了英語、法語、德語、拉丁語和希臘語的作家和教育家。她致力於身心障礙者福利事業，四處募捐以改善身心障礙者的生活環境和受教育水準。她的事蹟使她入選美國《時代週刊》「人類十大偶像之一」，被授予「總統自由獎章」。海倫於 1924 年組成海倫・凱勒基金會，並加入美國盲人基金會，身為其全國和國際的關係顧問。其後她在國際獅子會的年會上演說，她要求獅子會成為「協助失明人士戰勝黑暗的武士」。並說：「我為你們開啟機會的窗，我正敲著你的大門。」1946 年出任美國全球盲人基金會國際關係顧問，共訪問 35 個國家。在她的倡

議和努力下，世界各地興建盲人學校，她也常去醫院探望病人，分享她的經歷。海倫‧凱勒享壽 87 歲。有人曾如此評價她：「海倫‧凱勒是人類的驕傲，是我們學習的榜樣，是人類善良的表現，相信她的事蹟能成為後世的典範。」1971 年，國際獅子會的國際理事宣布將海倫‧凱勒逝世的日子，即每年 6 月 1 日定為「海倫‧凱勒紀念日」。代表作：《熱淚心聲》、《假如給我三天光明》、《我的生活》、《黑暗之光》、《我怎麼成為一個社會主義者》等。

毋庸置疑，很多孩子都了解海倫‧凱勒的生平，凱勒從小就變成了聾啞盲的人。

在人生最初的六年時間裡，她都是一個非常悲傷的孩子。之後，某個人來到了她的身邊，教會了她如何才能過上快樂幸福的生活。海倫後來曾這樣描述她的那個時候：「我記得自己人生中最重要的一天就是我的老師蘇利文來到了我的身邊。這一天是西元 1887 年 5 月 3 日，這時距離我的七歲生日還有三個月。」

蘇利文老師開始在海倫的手心上寫字。海倫很快就對此進行模仿，但在長達幾個星期的時間裡，她都根本不明白任何事物都是有一個名稱的。當這樣的概念最終進入她的心靈

之後，她立即意識到自己可以透過這樣的方式去與外界進行溝通與交流，這讓她感到極為興奮。她每天都會學習一些新事物的名稱，學習一部分文章的內容。在很短的時間內，她就能表達出一些完整的句子了。

海倫對寫作充滿了特殊的興趣。雖然她是一個雙目失明且失聰的女生，但是她寫的信不僅非常好，而且還是非常有內涵的，幾乎從海倫寫的第一封信開始就是這樣子。

下面這封信是她寫給《聖尼古拉斯》雜誌讀者的信件，解釋她當年學習寫字的過程。

給《聖・尼古拉斯》雜誌的一封信

親愛的《聖・尼古拉斯》雜誌：

將我的簽名寄給你，這讓我感到非常高興，因為我希望所有閱讀這本書的男生女生們都知道雙目失明的孩子同樣也是可以學習寫作的。我認為，一些人肯定對我們這些盲人如何保持文字的工整很好奇，因此我會告訴他們我們是如何做到的。在我們想要寫字的時候，就會在每一頁之間放著一個槽型工具。平行槽與每個線段是相對應的。當我們用鉛筆的一端將紙張壓在那裡的時候，就很容易使文字保持平行。較短的文章都是會用到槽型的工具，但較長的內容則是會用到

加長型的工具。我們會用右手指引著鉛筆，然後用左手的食指小心地進行觸摸，感受這些文字的形狀與空間。一開始，要想將這些文字按照正確的方式去排列，這是比較困難的，但如果我們不斷嘗試的話，這就會變得相對容易起來。在經過一段長時間的耐心訓練之後，我們就能給他們的朋友寫一封他們看得明白的信件了。接著，我們就會感到非常非常高興。有時，他們可能會到一所學校探望某位雙目失明的人。如果他們這樣做的話，我想他們肯定會對這些學生是如何寫字的方式充滿興趣的。

永遠忠誠於你的朋友

海倫·凱勒

海倫·凱勒結交了很多朋友，其中很多與她通信的都是當時著名的人物。有時，蘇利文老師會帶她到這些朋友家做客。海倫是這樣描述她第一次與福爾摩斯博士見面的情景：

「我還記得第一次見到奧利弗·溫德爾·福爾摩斯博士的情景。在一個週六的下午，他邀請我與蘇利文老師一道前往他家。此時是初春，我也是剛剛學會了如何書寫。我們立即前往他家的圖書館，我們在一張有扶手的椅子上坐了下來，這裡燃燒著火焰，火裡發出了木材燃燒時的碎裂聲。福爾摩斯博士似乎沉湎於過去的時光當中。我說：『聆聽著查爾斯河

發出的潺潺聲。』『是的，』福爾摩斯博士回答說，『查爾斯河讓我覺得非常親切。』房間裡的油畫與皮革散發出一種氣味，這讓我知道這裡擺放著很多書籍。我本能地伸出手找到了這些書籍。我的手指觸碰到了一本丁尼生的詩歌集。當蘇利文老師告訴我這是什麼篇章的時候，我立即開始背誦：

『浪花，浪花，浪花，

打在寒冷灰色的石頭上，哦，大海！』

但我突然之間停了下來。我能感覺到我的手上有淚水。我讓自己喜歡的詩人落淚了，我對此感到非常不安。福爾摩斯博士讓我坐在他的那張有扶手的椅子，而他則帶來一樣有趣的東西讓我檢查。在他的要求下，我背誦了〈鸚鵡螺〉，這是我當時最喜歡的一首詩歌。在這次見面之後，我還多次見到了福爾摩斯博士，不僅喜歡了這位詩人，還喜歡了他這個人。」

在這次拜訪之後沒多久，海倫就給福爾摩斯博士寫了一封信：

給福爾摩斯博士的一封信

西元 1890 年 3 月 1 日，麻薩諸塞波士頓南部

親愛的友善詩人：

　　自從上一個陽光明媚的週六向你道別之後，我就經常想到你。我之所以給你寫這封信，是因為我非常仰慕你。你沒有孩子可以跟你玩耍，這讓我感到很遺憾。但我覺得你能從書籍以及你的許多朋友那裡得到極大的樂趣。在華盛頓生日的那天，很多人都過來看望雙目失明的孩子。我把你的幾首詩歌念給他們聽，向他們展示一些美麗的龜甲，這些都是從帕羅斯附近的小島上找到的。

　　我正在閱讀一個很悲傷的故事，這個故事就叫《小傑克》。傑克是我所能想到的最善良的孩子，但他出生在貧窮的家庭且雙目失明。我經常會想 —— 在我很小還不會閱讀的時候 —— 每個人都是始終那麼快樂的。當我一開始知道了痛苦與巨大的悲傷之後，這讓我感到非常難過。但我現在知道，要是這個世界上只存在快樂的話，那麼我們都將永遠無法學會勇敢與耐心。

　　我正在認真研究著動物學中的許多昆蟲，我了解了與蝴蝶有關的知識。雖然蝴蝶不會像蜜蜂那樣為我們製造蜂蜜，但是很多蝴蝶都像牠們接觸的花朵那樣美麗，始終能讓孩子

們的心靈處於一種愉悅的狀態。蝴蝶過著無憂無慮的生活，可以從一朵花飛到另一朵花上，吮吸著蜜露，從來不會為明天擔憂。牠們就像是小男孩小女孩一樣，在放下了書本與學習之後，就會迅速跑到森林與田野去，採集野花，或者趟過小溪，去尋找散發出香氣的百合花，為置身於燦爛的陽光而感到無比快樂。

如果我的妹妹在六月分來到波士頓的話，我可以帶她去見你嗎？她是一個非常可愛的人。我肯定你會喜歡她的。

現在，我要跟我的友善詩人道別了，因為在我睡覺前還要給家人寫一封信。

永遠愛你的朋友
海倫·凱勒

在海倫·凱勒所著的《我的人生故事》裡，她談到了自己與布魯克斯主教之間的通信情況。

「只有那些了解布魯克斯主教的人才能感受到與他交朋友所帶來的快樂。當我還是一個小孩的時候，就喜歡坐在他的膝蓋上，用我的小手拍著他的大手掌，而蘇利文老師則將布魯克斯主教所說的關於上帝以及精神世界的美好話語告訴我。當時的我用孩子的好奇心與愉悅心情去聆聽著布魯克斯的話語。」

下面就是他們相互之間進行交流的一些信件。

給布魯克斯主教的信

西元 1890 年 7 月 14 日，阿拉巴馬州塔斯卡比亞

我親愛的布魯克斯先生：

在這美好的一天裡，我很高興給你寫信，因為你是我非常好的朋友，我非常喜歡你，因為我想要知道許多知識。我在家已經待了三週了，哦，與我親愛的母親、父親以及一個寶貝小妹妹一起在家，這種感覺真是太美好了。與我在波士頓的朋友們拜別，這實在是讓我感到非常悲傷。但我非常急切地想要看看我的小妹妹，因此我迫不及待地乘坐火車回家了。但是因為蘇利文老師的緣故，我一直在耐心地等待。蜜德莉現在已經長高了，身體也健壯了一些，不像我之前去波士頓那會那麼小了。可以說，她是這個世界上最可愛的孩子了。我的父母聽到我能夠說話都感到非常高興，能夠給他們帶來這樣一個快樂的驚喜，這也讓我感到非常高興。能讓每個人都感到快樂，這也會讓我感到無比快樂的。為什麼我們在天上的天父會認為，有時出現一些悲傷的時刻對我們每個人都是一件好事來的呢？我始終都過著非常快樂的生活，方特勒羅伊也是如此，但是親愛的小傑克的生活卻是充滿了悲傷。上帝並沒有賜予傑克一雙正常的眼睛，雙目失明的他無

法看到光明。你認為傑克會更加喜歡天父嗎？因為他在塵世間的父親對他也不是很好。上帝該怎樣告訴人們，祂的家就在天上呢？當人們做了一些錯事之後，比如傷害了動物，或者以不友善的方式去對待孩子，上帝會感到悲傷的，但上帝會怎樣教育這些人要有憐憫與仁愛之心呢？我覺得，上帝會告訴他們祂是非常熱切地愛著他，祂希望成為好人，過上幸福的生活，他們並不想讓非常愛他們的天父感到悲傷。他們想去做任何能夠讓他感到高興的事情。這樣的話，他們會熱愛彼此，對任何人或者動物都能表現出自己的善意。

請告訴我你對上帝的一些看法。了解仁慈的上帝是善良且智慧的，這讓我感到非常快樂。我希望你有空的時候，可以給我回一封信。我今天很想過去拜訪你。波士頓那邊的天氣很熱嗎？今天下午，如果天氣比較涼爽的話，我就會坐上驢子，帶著蜜德莉去兜兜風。韋德先生將內迪送給了我，牠可以說是世界上最有趣的驢子了。我的那條狗里昂內斯也跟隨著我們，隨時保護著我們。昨天，我的哥哥辛普森從美麗的池邊採摘了一些百合花。對我來說，他真的是一位非常好的哥哥。

蘇利文老師也表達了對你的友善祝願，父親與母親與同樣對你表達了良好的祝願。

永遠忠誠於你的小朋友
海倫・凱勒

西元 1890 年 8 月 3 日，倫敦

我親愛的小海倫：

　　我很高興收到妳的來信。這封信跨越了大西洋，當我抵達了這座偉大的城市之後，它才到達我的手上。要是我之前能夠抽出時間的話，我肯定會立即給妳回信的。直到現在，我才有足夠多的時間給妳回一封長信。當妳有時間前往波士頓看望我的時候，我很高興與妳進行交流。

　　但是，現在我想告訴妳，得知妳現在過得很開心，並且享受家庭生活，我感到非常欣慰。我幾乎覺得自己能夠看到妳的父親、母親以及妹妹，他們都在美麗的鄉村裡與妳過著安靜快樂的生活。知道妳現在過著快樂的生活，這也讓我感到非常高興。

　　從妳在上一封信裡提出的問題裡，我很高興地知道了妳正在思考的問題。我認為，當上帝對我們每個人始終都是那麼好的時候，我們是不會經常思考上帝的存在的。讓我跟妳說說，在我眼中我們應該怎樣去認知那一位天父吧！這一切都是源於我們內心深處的愛意所具有的力量。愛意是世間萬物一切事物的靈魂。任何事物要是沒有了愛意的力量，那麼他們必然要過上一種單調無趣的生活。我們一般都會認為，陽光、風以及樹木都能夠按照屬於它們自身的方式去表達愛意，因為如果我們知道它們同樣能夠表達愛意的話，那麼我

們就能知道它們同樣會處於一種快樂的狀態。因此，最偉大與最幸福的上帝同樣是充滿愛意的。我們內心深處所有的愛意都是源於上帝，正如所有照射在花朵上的陽光都是源於太陽的一樣。我們表達出來的愛意越多，那麼我們就越接近上帝以及祂所展現出來的愛意。

　　我要對妳說，我之所以感到快樂，就是因為妳感到快樂。事實上，我的確是這樣想的。妳的父親、母親、妳的老師以及妳所有的朋友都是這樣想的。但是，因為在妳感到快樂的時候，難道就不會認為上帝同樣是快樂的嗎？我肯定上帝也是處於一種快樂的狀態。上帝要比塵世間的任何凡夫俗子都更快樂，但是祂同樣要創造出這樣的快樂。上帝賜給妳這樣的快樂，正如太陽發出光芒，讓玫瑰的顏色變得更加鮮豔。單純看到我們的朋友從某些事情中得到快樂，這是比不上我們帶給他們的快樂的，難道不是這樣嗎？

　　但是，上帝不僅希望我們要過上快樂的生活，上帝還希望我們能夠成為一個好人。上帝希望我們每個人都能夠做到最好。上帝知道，只有當我們成為一個好人之後，才能獲得真正意義上的快樂。這個世界上面臨的很多問題都是可以用藥物去解決的，雖然藥物是很難吞嚥的，但這對我們的病情是有幫助的，能讓我們的身體漸漸恢復過來。我們會看到很多好人也會陷入巨大的麻煩當中，正如我們也會想像到

耶穌基督，這位世界上遭受最多痛苦的人同樣是最偉大的人一樣。我可以肯定，耶穌基督是這個世界有史以來最為快樂的人。

我很願意跟妳說說有關上帝的事情。但是，上帝會跟妳說，如果妳虔誠地詢問上帝，那麼祂會將這樣的愛意告訴妳。耶穌基督身為祂在塵世間裡的兒子，只不過是比我們這些凡夫俗子更加接近祂而已。但是這一切都是為了我們能夠更好地感受天父所賜給的愛意。如果妳認真閱讀祂的話語，那麼妳就會知道祂的心靈充滿著上帝的愛意。祂說：「我們都知道上帝愛著我們。」耶穌愛著所有人，雖然一些人對他做了一些殘忍的事情，並且最後殺死了祂。祂願意為世人而犧牲，因為祂深愛著這些人。海倫，耶穌基督依然愛著世人，祂依然愛著我們，祂告訴我們一點，那就是我們可能依然會愛著祂。

因此，我們可以說愛意代表著一切。如果有人問妳有關這方面的問題，或者妳詢問一些有關上帝的問題時，妳可以回答說：「上帝就代表著愛意。」這是《聖經》裡給出的一個具有美感的回答。

隨著妳的不斷成長，妳對這方面的了解就會越來越深入與成熟。妳現在可以對此進行一番思考，讓妳所獲得的每一種祝福都變得越來越美好，因為這是仁慈的天父賜給妳的。

我希望，在我回到波士頓之後，妳能夠儘快來這裡。我應該會在九月中旬回到波士頓。我希望妳到時能夠告訴我所有的事情，還有千萬不要忘記告訴我有關那頭驢子的事情。

　　我祝願妳的父親、母親以及蘇利文老師一切安好。我希望能夠儘快見到妳的妹妹。

　　親愛的海倫，再見。記得儘快給我回信，回信的地址就寫波士頓的那個地址。

永遠忠誠於妳的朋友
菲利普斯・布魯克斯

西元 1891 年 5 月 1 日，波士頓南部
我親愛的布魯克斯先生：

　　在這個陽光明媚的五月天，海倫在此給你送去我的祝福。我的老師剛剛告訴我你成為了主教，你在世界各地的朋友都對此感到高興，因為你是他們非常尊敬與愛戴的人。我不知道主教的具體工作是做什麼的，但我肯定這肯定是一份很不錯的工作，能夠幫助到很多人。我很高興我的朋友是一位勇敢、睿智與充滿愛意的人。每當我想到你能夠對很多人講述，雖然一些子民並沒有如上帝所期望的那般成為友善與高尚的人，但天父依然愛著祂的子民的故事，就讓我感覺非常美好。我希望你對他們發表的演說能夠讓他們的心，因為

歡樂與愛意而跳得更快一些。我還希望布魯克斯主教的一
生能夠像五月充滿著幸福與快樂，就像是此時的花朵到處綻
放，小鳥在歡樂地歌唱一樣。

永遠忠誠於你的朋友
海倫·凱勒

■ 奧利弗・溫德爾・福爾摩斯

Oliver Wendell Holmes，西元 1809 ～ 1894 年，美國作家、詩人、散文家、幽默家、醫生、教育家，被譽為美國 19 世紀最佳詩人之一。霍姆斯出生於麻薩諸塞州的劍橋，是一位公理會牧師的兒子。他的家庭屬於顯赫、富裕及有知識的階層，霍姆斯在一部小說中幽默地稱之為「新英格蘭的婆羅門族」。在讀完菲利普斯安多佛中學（Phillips Andover Academy）後，霍姆斯進入了哈佛大學，並於 1829 年畢業。第二年他因為詩歌〈老鐵甲〉吸引了大眾的注意，這是一首呼籲拯救「憲章號」軍艦的愛國之作。該艘軍艦在 1812 年英美戰爭中立下赫赫戰功。因為大眾對這首詩歌的強烈反應，政府放棄了拆毀軍艦的計畫。在戴恩法學院開始學習後，霍姆斯決定要成為一位醫生。1831 年他進入了醫學院，並於 1836 年初獲得了哈佛大學醫學博士學位。同年晚些時候他在劍橋開了一家全科醫生的診所，隨後不久出版了第一本詩歌著作。

西元 1838 年霍姆斯被任命為達特茅斯學院的解剖學及生理學教授。1840 年他從達特茅斯學院卸任，並在波士頓開了一家私人診所。1847 年他成為哈佛醫學院的解

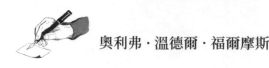

剖學教授，一直任教到 1882 年退休為止。從 1847 年到 1853 年他是醫學院的院長。

霍姆斯為新創辦的《大西洋週刊》（西元 1857 年）命名，並在其第一任編輯詹姆斯・拉塞爾・洛厄爾的催促下，成為它的第一批作者之一。這段經歷開始了霍姆斯文學生涯的一個新時期。除了為《大西洋週刊》寫作之外，他還創作了《艾爾西・文納》（西元 1861 年）以及其他兩部小說。在這些小說中他強調遺傳及環境對人物發展的影響。他還創作了兩部傳記以及一部遊記。1886 年霍姆斯訪問歐洲，得到了醫學界和文學界的致敬。霍姆斯退休後在波士頓度過晚年。代表作：詩歌《多調的歌》、《宵禁之前及其他詩歌》；長篇小說《守護天使》、《致命的反感》；散文《早餐桌上的獨裁者》、《早餐桌上的教授》、《早餐桌上的詩人》、《舊卷的篇章》、《醫學論文》、《杯桌之上》；傳記《約翰・羅瑟洛・莫特利》、《拉爾夫・沃爾多・愛默生》；遊記《我們在歐洲的一百天》等。

福爾摩斯博士給海倫的回信

西元 1890 年 8 月 1 日，麻薩諸塞州貝芙麗農場

我親愛的小朋友海倫：

幾天前，我就收到了妳寄來的信件，但我一直忙於寫作，因此抽不出時間來，直到現在才能給妳回信。

妳對我留下了那麼好的印象，這讓我感到非常高興。妳的來信非常有趣，我讀起來非常高興。我很高興知道妳現在過著快樂的生活，知道妳現在掌握了一種全新的技能——「能夠透過用嘴巴以及手指去說話」——這讓我感到很高興。這樣的說話方式真的是太有趣了！我們的舌頭能夠成為說話的工具（這會按照我們的需求，做出各種不同的動作，還有牙齒、嘴唇以及嘴巴的根部都能夠幫助我們了解別人的意思。這些身體器官會幫助我們將聲音變成一種實在的發音，我們稱之為輔音，而且還能為我們稱之為母音的有趣呼吸聲預留一定的空間。毫無疑問，妳已經研究了這方面的知識，因為妳已經就聲學方面進行了很長時間的練習。

從妳的來信當中，我驚訝於妳所掌握的文字寫作能力。妳的來信讓我覺得，給我寫信的人是一個能夠看見與聽見一切事物的人。也許，人們會在其他方面有很多優勢，但是他們卻像他們應該的那樣子去努力。請想像一下許多雙目

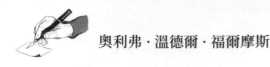

奧利弗·溫德爾·福爾摩斯

失明的人擁有了槍支與炮彈的情景吧！想像一下那些可憐的
鼓手！他們以及他們的鼓槌又有什麼用處呢？妳雖然雙目失
明，但卻能夠免於視覺與聽覺所帶來的許多痛苦，妳能夠逃
避這樣的紛擾，這實在是一件幸事。只要妳還活著，就會想
著自己所得到的善意對待。每個人都會對親愛的小海倫充滿
著興趣，每個人都想要為她做一些事情。即便妳老了，頭髮
灰白了，但妳依然能夠得到別人很好的照顧。

　　妳的父母與朋友肯定會對妳取得的進步感到非常高興。
妳的確非常了不起，當然妳的老師也是非常了不起的，她幫
助妳敞開了那一扇原本已經關閉的大門，讓妳的人生前景顯
得更加美好與光明，這是很多擁有視覺與聽覺能力的孩子都
沒有的。

　　我親愛的小海倫，我先寫到這裡了。我祝願妳一切
安好！

奧利弗·溫德爾·福爾摩斯

■ 約翰·格林里夫·惠蒂爾

John Greenleaf Whittier，西元 1807 ～ 1892 年，美國詩人、廢奴主義者。惠蒂爾出生在麻薩諸塞州的黑弗里爾一所農舍裡，1638 年湯瑪斯·惠蒂爾（Thomas Whittier）從英格蘭的威爾特郡來到黑弗里爾，他是建造這所農舍的先祖。因為惠蒂爾家族的幾代人都是教友派信徒，所以約翰·格林里夫·惠蒂爾經常被稱為教友派詩人。小約翰在農舍附近的學校上學，14 歲時校長給了他一卷羅伯特·伯恩寫的詩，約翰受到極大啟發開始用蘇格蘭方言寫詩。惠蒂爾大約 19 歲時他的姐姐把他的一些詩送給威廉·勞埃德·加里森，他是一位年輕的廢奴主義者，在紐伯里波特《出版自由》擔任編輯。加里森出版了其中的一首詩，並拜訪了惠蒂爾的一家，鼓勵惠蒂爾的父親讓約翰接受更多的教育。惠蒂爾學習鞋店經營，利用閒暇時間教書，在 1826 ～ 1828 年進入黑弗里爾學院學習。1829 年惠蒂爾成為波士頓報紙《美國製造商》的編輯，這是他首次從事的數個類似職位。他同時為這份報紙寫短篇小說、小品文和詩歌。這些作品收集在《新英格蘭的傳說》（散文和詩歌，1831 年）。1832 年惠蒂爾由於健康原因辭去了《新英格蘭每週評論》的編

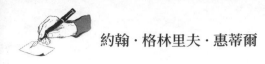

輯職位。惠蒂爾曾經對廢除奴隸制度的運動熱情高漲，積極投入到反對奴隸制度的工作中。他自費印刷、分發反對奴隸制度的小冊子《司法和權宜之計》（西元 1833年）。1835 年惠蒂爾進入麻薩諸塞州的立法機關工作。1838 年擔任廢奴主義者《賓夕法尼亞州公民》的編輯時，一群支持奴隸制的暴徒燒毀了他辦公室大樓。他支持自由黨，1842 年惠蒂爾身為自由黨候選人競選國會議員失敗。同時，惠蒂爾寫了熱情洋溢的詩歌抨擊奴隸制度。《自由之聲》（西元 1846 年）收集了這些詩。他的反對奴隸制度的詩歌和散文首次大量地出現在《國家時代》中，從 1847～1860 年擔任主編。惠蒂爾的《伊卡博多》（西元 1850 年）表達了對丹尼爾‧韋伯斯特支持 1850 年妥協案的失望。1844 年惠蒂爾放棄了編輯工作，退休後回到1836 年購買的埃姆斯伯里家園。南北戰爭時期惠蒂爾反對奴隸制度的詩備受歡迎。1865 年他的〈勞斯‧迪歐〉達到高潮，這首詩是慶祝第十四修正案的通過，這部修正案允許被解放的奴隸獲得公民權。惠蒂爾是美國共和黨的創建者之一，也是 1865 年共和黨選舉人。代表作：〈勞動者之歌〉、〈戰爭年代和其他詩〉、〈雪界：一首冬季田園詩〉、〈米里亞姆和其他詩〉和〈日落時〉等。

詩人惠蒂爾也是海倫的一位朋友。海倫也給他寫過信。

「在我與福爾摩斯博士見面沒多久的一個燦爛的夏日，蘇利文老師與我前往拜訪惠蒂爾在梅里馬克安靜的家。惠蒂爾表現出友善的舉止，說出的有趣話語讓我心生敬意。他有一本凸起文字的詩集，我閱讀了一首名叫〈學校的時光〉的詩歌。惠蒂爾對我能夠清晰地說話感到非常高興，並且說他在了解我的意思方面沒有任何問題。接著，我提出了許多有關詩歌的問題，並且透過將手指放在他的嘴唇上，了解他的回答。惠蒂爾說他在詩歌領域還只是一個小男孩，而那個女孩的名字則叫薩利，還有更多的內容我現在都忘記了。」

在惠蒂爾八十三歲生日的時候，他收到了海倫·凱勒寄來的一封信。

海倫·凱勒給約翰·格林里夫·惠蒂爾的信

西元 1890 年 12 月 17 日，波士頓南部。
親愛的友善詩人：

今天是你的生日。當我今天早上醒來的時候，這是我第一個進入我腦海的想法。當我想到自己可以給你寫一封信，我非常喜歡你創作的美好詩歌，以及可以祝福你的生日時，我的內心充盈著快樂之情。今天晚上，你的朋友們在閱

讀你的詩歌與聆聽你創作的音樂時肯定會感到非常高興。我希望那位送信的人能夠迅速將我的愛意傳遞給你，能夠將我寫給你的一些美妙旋律送到你在梅里馬克的家裡。一開始，當我發現太陽還隱藏在烏雲背後的時候，內心還是滿懷遺憾的，但在這之後，我想到了太陽為什麼會這樣做，我才感到了快樂。太陽知道你想要看到這個世界被一層美麗的白雪覆蓋著，於是它就將自己的光芒隱藏起來，讓所有白色的晶體形成一個美麗的天空。當它們準備好了之後，它們就會輕柔地掉落下來，然後覆蓋著地面上的每一個物體。接著，太陽就會從烏雲背後露出頭，用其發出來的光芒照亮整個世界。如果我今天能夠與你在一起的話，那麼我會獻給你八十三個吻，每一個吻獻給你所度過的每一年。對我來說，八十三年是一段很漫長的歲月。這段時間對我來說是否也是這樣子呢？我想知道永恆到底還存在著多少歲月。我認為自己無法想像出這樣的時間。去年夏天，我收到了你寄給我的一封信，我對此心存感激。我現在居住在波士頓的盲人護理機構，但我現在還沒有開始學習，因為我最好的朋友阿南諾斯想讓我好好休息，認真地玩耍一下。

蘇利文老師一切很好，她也讓我給你送去美好的祝福。快樂的聖誕假期就快要到來了！我簡直等不及想要再次感受那樣的樂趣了！我希望你的聖誕假期過得非常愉悅，新年的

到來將會預示著每個人都能夠過上歡樂美好的日子。

永遠忠誠於你的小朋友
海倫・凱勒

惠蒂爾給海倫的回信

　　惠蒂爾知道自己的詩歌給盲人護理機構的盲人們帶來許多歡樂，這肯定會讓他的內心充滿欣慰。也許「穆德・穆勒」與「芭芭拉・弗里切」是那些朗讀的孩子，他們的朗讀讓海倫從中得到了極大的樂趣。

　　在閱讀了海倫寄來的信件之後，我們可以肯定，惠蒂爾像往常那樣作了回信。

我親愛的年輕朋友：

　　我很高興在生日的那天收到了妳的來信。我收到了兩百到三百封祝福的信件，而妳的信件則是最讓我開心的。我必須要告訴妳那一天在奧克諾爾發生的事情。當然，那一天的太陽並沒有露出臉，但是我們都在多個房間裡生了幾堆篝火，房間裡擺放著玫瑰以及其他散發香氣的花朵，這些都是我的很多朋友從遠處給我送過來的，還有很多人從加州以及其他地方帶來的各式各樣的水果。一些親戚以及親愛的老朋友整天都陪伴著我。妳覺得八十三年是一段很長的時間，

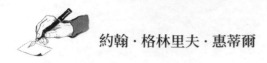

這個我可以理解，但對我來說，這似乎是非常短暫的一段時光，因為我現在其實是一個沒有比妳大多少的男孩，也只是整天在黑弗里爾的舊農場裡玩耍。我感謝妳給予我的良好祝福，也希望妳同樣能夠過得美好。我很高興妳現在在盲人機構裡生活，那裡是一個非常不錯的地方。請將我最良好的祝願送給蘇利文老師，請接受我美好的祝願。

妳的老朋友

約翰・格林里夫・惠蒂爾

■ 費利克斯·孟德爾頌

　　Felix Mendelssohn，西元 1809 ～ 1847 年，德國猶太裔作曲家，生於德國漢堡的一個富裕家庭，逝於萊比錫。孟德爾頌是德國浪漫樂派最具代表性的人物之一。孟德爾頌的祖父是德國猶太哲學家摩西·孟德爾頌，其父是銀行家，其母是鋼琴家。由於生長在這樣的家庭中，孟德爾頌自幼便得以學習音樂，且自幼即顯露出奇其不凡的音樂才華，在 9 歲時第一次公開演出，11 歲時進入柏林聲樂學院並且開始作曲，17 歲時完成了為人所熟知的《〈仲夏夜之夢〉序曲》（*Overture to A Midsummer Night's Dream*）。孟德爾頌是難得的全能型天才，身兼鋼琴家、指揮、作曲家、教師等多重身分。

　　孟德爾頌在短短 38 年的一生中創作極為豐富，在他活著的時候就被認為是當時作曲家中的第一人，彪羅曾稱他為莫札特之後最完美的曲式大師。他的作品風格富於詩意，曲式完美而嚴謹，但是他的音樂還是屬於浪漫樂派，這些音樂抒情、優雅與乾淨，清楚地運用管弦樂的色彩。他的《〈仲夏夜之夢〉序曲》為浪漫主義作曲家描繪神話仙境提供了先例。他獨創了無言歌的鋼琴曲體裁，對於標題音樂和鋼琴藝術的發展都有著巨大的啟示

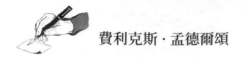

價值。他的審美趣味和創作天才都深刻的影響了後來的浪漫主義音樂。

　　主要作品有交響曲〈蘇格蘭〉、〈義大利〉、〈宗教改革〉；序曲〈芬格爾山洞〉、〈平靜的海與幸福的航行〉；小提琴協奏曲，八冊四十八首無言歌等。

給孟德爾頌與他妹妹的信件

　　著名作曲家孟德爾頌有一個他非常疼愛的妹妹。在他們還小的時候，他們就在一起學習，像每個孩子那樣做著美好的白日夢。但是，他們最看重的還是音樂方面的學習。在他們非常小的時候，母親就讓他們上鋼琴課。在一段時間裡，他們進行了一場有趣的比賽。然而，沒過多久，妹妹芬妮就屈居下風了，因為無論她多麼努力地練習，都無法像自己的哥哥菲利克斯那樣厲害。幾個月之後，他的水準就超過了母親所能夠教授的範圍，於是他接受了一位專業音樂老師的指導。

　　也許，一些人會認為，對一個八歲的孩子來說，他的雙手很難在鋼琴上彈奏出八度音階。但是，在孟德爾頌八歲的時候，他就能彈奏出非常難的音樂。在他剛過完十歲生日的時候，他就在柏林與巴黎舉辦音樂會了。

為了準備這些音樂會，年幼的孟德爾頌不知要做出多大的努力才能做好！難怪繁忙的演出時間幾乎占據了他的大部分時間。也許，他能從音樂的世界裡得到足夠多的快樂，從而彌補他無法在釣魚、騎車或者其他男孩們喜歡的活動中獲得的快樂吧！

　　每個認識孟德爾頌的人都對他抱有很高的期望。一位音樂老師曾經這樣對他說：「你的目標一定要比教堂的尖頂還要高。」老師說完指著教堂上面那個高聳的塔尖。但是，誰都不如菲利克斯的父親對他的兒子抱有更高的期望。我們可以從他給自己的孩子所寫的信件裡得到證實。也許，這些信件裡談到的內容都是比較瑣碎的，但是年輕的孟德爾頌的確是得到了外界許多的讚揚，但是父親的一些責備則讓他不會過分沉浸於這樣的讚美聲當中。

　　「我親愛的菲利克斯，你必須要知道你到底想要什麼樣的樂譜紙，到底是橫隔線的還是沒有橫隔線的。如果是有橫隔線的話，你必須要清楚地指出這是如何進行分割的。某天，我走進商店想要買一些樂譜時，我發現我不知道自己到底要買什麼樣的樂譜。在你給我回信之前記得要認真閱讀自己所寫的信件。你要保證自己能夠完全演奏出自己所買的樂譜裡面的音符。」

　　　　　　　　　　　　　　　　　你的父親兼你的朋友

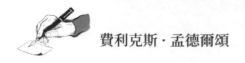

孟德爾頌的父親給菲利克斯與芬妮的回信

西元 1817 年 19 月 29 日，漢堡

　　親愛的孩子，你們的來信給我帶來了極大的快樂。若我不是在這麼趕的時間裡回到家，我是應該分別給你們寫一封信的。我希望你們更希望見到的是我，而不是這封信。親愛的芬妮，你的第一封信寫的非常好，但是，你所寫的第二封信看上去有點趕時間。

　　至於你，親愛的菲利克斯，你母親對你的來信感到非常滿意。我也對你的來信感到高興，希望你能夠養成一個寫日記的好習慣。你要時刻記住自己的人生格言：「忠誠與孝順」。要是你遵守這樣的格言，那麼你肯定會成為一個更高尚的人。如果你不遵守這樣的格言，就可能成為一個很糟糕的人。

　　你們的信件給我帶來了極大的快樂。但在第二封信件裡，我發現你們在寫信過程中出現了一些粗心大意的情況。回到家之後，我會指出你們存在的問題。你們必須要努力以更好的方式說話，之後你們所寫的內容才會越來越好。我非常希望再次見到你們。我向你們表達身為父親的濃濃愛意。

　　下面這封信是寄給芬妮的，但是信裡面的內容談到的卻是菲利克斯。我們在讀這封信的時候，肯定會覺得非常有趣。

親愛的芬妮：

　　妳在前一封信裡談到的有關妳是否選擇音樂當作職業，以及妳與哥哥之間進行比較的分析是非常正確的。也許，對妳哥哥來說，音樂是適合他的職業，但是音樂對妳來說絕對不能成為一種職業，而應該是一種業餘愛好，絕對不能成為妳人生的重要組成部分。因此，我們可以允許妳哥哥努力地追求自己的音樂夢想，因為他認為這樣的夢想對他而言非常重要，而且他也有意以此當作自己的職業。不過，妳在這方面也展現出了良好的常識與判斷力。妳為哥哥所獲得的讚美感到由衷的開心，這也證明了要是妳處於妳哥哥的位置，同樣會得到與他一樣的讚美聲。

　　前幾天，妳母親給我寫信，說妳抱怨自己沒有練習中指與無名指的曲譜，而妳的哥哥知道之後，直接為妳譜了一個。

　　孟德爾頌在十一歲的時候，他與策爾特教授一起前往魏瑪，到德國著名詩人歌德家裡做客。

　　年老的歌德與天才的神童音樂家之間的友情就是從這個時候開始的，並且一直持續到歌德的去世。歌德曾經給孟德爾頌寫信說：「當我感到悲傷與沮喪的時候，過來這裡吧！用你那柔美的音樂撫慰我的靈魂吧！」

　　孟德爾頌在魏瑪還結交了一些朋友。他受邀到皇宮裡演

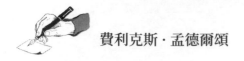
出。所有遇到他的人都對他讚不絕口，對他愛護有加。但即便如此，孟德爾頌依然保持著良好的舉止，絲毫沒有做出任性的舉動。

西元 1821 年 11 月 6 日，魏瑪

　　你們都聽著，今天是星期二。在週六，魏瑪的太陽——詩人歌德會過來這裡。我們在早上要去教堂，聆聽漢德爾的音樂，直到歌唱了第一百首讚美詩。管風琴雖然很大，但是發出的聲音很低。聖瑪麗教堂雖然規模較小，但那裡的管風琴卻能發出很響亮的聲音。魏瑪大教堂裡有五十個管風琴，每一個管風琴都能奏出四十四個音符，還有一個三十二英寸長的風管。

　　從教堂回來之後，我在四號的時候給你寫了一封信，接著我去了大象酒店。我在這裡描摹了一幅畫。兩個小時後，策爾特教授過來說：「歌德過來了，老先生過來吧！」我們立即走下樓梯，回到了歌德所在的家。當時的歌德還在花園裡，剛剛來到一個樹籬旁邊。他是一個友善的人，但我不認為任何他的肖像畫跟他有多麼相像。他看上去並不是一個七十三歲的人，而像是一個五十歲的人。

　　在晚餐之後，歌德的妹妹烏爾里克小姐過來要求哥哥親吻一下他，我也有樣學樣。每個早上，我都能得到《浮士德》

與《少年維特的煩惱》的作者的親吻。每個晚上，我都能得到歌德以及歌德的朋友給予的兩個親吻。請想像一下吧！在下午，我會為歌德演奏兩個小時，有時是演奏巴赫的賦格曲，有時則是即興創作。在晚上，他們會安排一張韋斯特桌子，策爾特教授則會伸出手說：「在玩韋斯特遊戲的時候，你必須要閉嘴。」

歌德還表揚了妳呢。親愛的芬妮，下面這件事情是真實發生的。昨天早上，我將妳創作的歌曲彈奏給歌德聽。我對他說這是妳寫給他的曲子，並且問他是否願意聽一下。歌德說：「非常願意。」歌德聽完之後表示非常喜歡，這是一個非常好的預兆。今天與明天，他都要聽妳創作的曲子。

幾天後，孟德爾頌這樣寫：

11 月 10 日，魏瑪

在星期四早上，大公與大公夫人過來拜訪我們，我不得不要進行演奏。我從上午十一點一直彈奏到晚上十點，期間只有兩個小時的中斷。每個下午，歌德在打開樂器的時候都會說：「我今天還沒有聽你演奏呢 —— 現在給我彈一曲吧！」說完，他一般都會坐在我身邊。當我彈奏完了之後（很多時候都是即興演奏），都會讓他親吻我一下，或者我親吻一下他。你簡直無法想像他對我是多麼的友善。

 費利克斯·孟德爾頌

■ 羅伯特·路易斯·史蒂文森

　　Robert Louis Stevenson，西元 1850 ～ 1894 年，蘇格蘭小說家、詩人與旅遊作家，也是英國文學新浪漫主義的代表之一。史蒂文森受到了許多作家的讚美，其中包括厄尼斯特·海明威（Ernest Hemingway）、約瑟夫·魯德亞德·吉卜林（Joseph Rudyard Kipling）、豪爾赫·路易斯·波赫士（Jorge Luis Borges）與弗拉基米爾·納博科夫（Vladimir Nabokov）等知名作家。然而許多現代主義的作家並不認同他，因為史蒂文森是大眾化的，而且他的作品並不符合他們所定義的文學。直到最近，評論家開始審視史蒂文森而且將他的作品放入西方經典中。史蒂文森常常到處旅行，部分原因是尋找適合他治療結核病的氣候。史蒂文森在世時是一位名人，但隨著現代文學在第一次世界大戰崛起後，他的作品被歸類為兒童文學與恐怖小說的類型。史蒂文森遭到一些像維吉尼亞·吳爾芙（Virginia Woolf）與倫納德·伍爾夫（Leonard Sidney Woolf）的批評，而他也逐漸被排除在學校教授的文學經典之外。這種情況在 1973 年達到巔峰，當年厚達 2,000頁的《牛津英文文學選集》完全忽略了史蒂文森。而《諾頓英國文學選集》從 1968 年到 2000 年為止也沒有提到

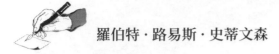

史蒂文森，只有 2006 年的第 8 版才包括他在內。

在 20 世紀晚期，史蒂文森開始被重新評價成一位擁有過人洞察力的藝術家、文學理論家、隨筆作家與社會評論家，也被認為是南太平洋殖民歷史的見證人與人類學家。隨著新的學術研究，他現在被認為與約瑟夫・康拉德（Joseph Conrad）及亨利・詹姆士（Henry James）地位相同。無論學術反應是如何，史蒂文森仍然是非常受歡迎的。統計一些作家所有著作被翻譯次數的《翻譯索引》（*Index Translationum*）的資料顯示，史蒂文森排名第 26 位，位於查爾斯・狄更斯（25 位）之後、奧斯卡・王爾德（Oscar Wilde）（28 位）與愛倫・坡（Edgar Allan Poe）（44 位）之前。代表作：《金銀島》（*Treasure Island*）史蒂文森最著名的作品之一，是一部有關海盜與藏寶的冒險小說，經常被改編成電影，原本的名稱是《The Sea-Cook》；《黑箭》（*The Black Arrow：A Tale of the Two Roses*）是一部歷史冒險小說，故事發生在英國的玫瑰戰爭期間；西元 1885 年：〈顎圖王子〉（*Prince Otto*）史蒂文森第二部敘事詩；1886 年：《化身博士》（*Strange Case of Dr Jekyll and Mr Hyde*）一部關於多重人格的中篇小說；1886 年：《綁架》（*Kidnapped*）關於綁架事件的一部歷史小說；1889 年：《巴倫特雷的少爺》（*The Master of Ballantrae*）一部關於復仇

的故事；1889 年：《入錯棺材死錯人》（*The Wrong Box*）與奧茲‧奧斯朋（Lloyd Osbourne）共同完成的小說，曾在 1966 年改編成電影；1892 年：《The Wrecker》與奧茲‧奧斯朋（Lloyd Osbourne）共同完成的小說；1893 年：《卡特麗娜》（*Catriona*）《綁架》的續集；1894 年：《The Ebb Tide》與奧茲‧奧斯朋（Lloyd Osbourne）共同完成的小說；1896 年：《赫密士頓的韋爾》（*Weir of Hermiston*）在史蒂文森去世時尚未完成。

幾年前，一個小女孩為自己在耶誕節那一天過生日而感到難過，她收到了一位朋友的來信，這位朋友在信中表示會送給她一份生日禮物。這件事發生在十一月的時候。他保證一定會送給她禮物的，當作回報，她要在自己的名字裡加入自己的部分姓氏。

史蒂文森的生日

西元 1850 年 11 月 13 日

「我該擁有怎樣一個生日呢？」孩子問道，

「我的朋友不多，他們都在各地。」

她對史蒂文森說 —— 史蒂文森微笑著說：

「我的生日就在今天，我會盡全力辦好，

這也是屬於你的生日。我已經度過了許多個生日。

時間真的過得太快了，這一切都迅速溜走了。」

他用非常正式的口氣表示，

他的出生日期正是那一天，

接著，他向這個女孩示意了一下，接著遞給了她。

小女孩感到無比欣喜，但卻覺得難以置信，

她接過來一看，

發現裡面裝著閃閃發光的東西，

這些東西要比黃金更加閃光。

史蒂文森的一天證明了，

離別的只是時間，但永恆不會留下來的。

—— 凱薩琳‧米勒

她的朋友是羅伯特‧路易斯‧史蒂文森，他創作出了許多我們很多人都非常喜歡閱讀的一本書 ——《孩子的詩歌花園》。

我，羅伯特‧路易斯‧史蒂文森，蘇格蘭律師協會的宣導者，《巴倫特雷少爺》與《道德的標幟》等書的作者，當過工程師，薩摩亞的烏波盧島的維利馬的一座宮殿與農場的主人，我的心智非常正常。我在此對你表達感謝。

鑑於安妮·H·艾德小姐是 H·C·艾德的女兒，她生活在美利堅合眾國佛蒙特州加勒多尼亞縣的聖約翰斯伯里鎮。因此，在耶誕節到來的時候，她必須要得到應有的禮物與安慰，當作她在這一天的禮物。

有鑑於此，身為羅伯特·路易斯·史蒂文森的我已經到了一個不會提起這件事的年齡。我認為現在任何類型的生日都沒有了用處。

有鑑於此，我遇到了 H·C·艾德，這位據說是安妮·艾德的父親。我得知他是一位土地專員。我提出了這樣的要求：

在十一月十三日這一天，將安妮·艾德的撫養任務轉移到我身上，因為這之前是我的生日。自此以後，安妮·艾德的生日就是這一天。她在這一天可以像每個女孩子那樣穿上美麗的衣服，吃著豐盛的食物，還能夠收到許多禮物與祝福，就像我們的祖輩在度過生日的時候一樣。

現在，我要求安妮·艾德的名字裡加入路易莎這個名字 —— 至少在私底下是這樣做。我懷著謙卑的心允許她可以使用我的生日。當然我的生日並不像年輕時候那樣過了，但我還記得以前在生日時過的非常自在。

安妮·艾德不要忽視或者違反上面這些要求。因此我在這裡撤回這樣的捐贈，將我的權利轉移到暫時轉移到美國總統身上。

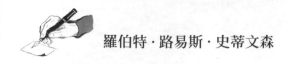

西元 1891 年 6 月 19 日，我謹此發誓。

發誓人：羅伯特·路易斯·史蒂文森
見證人：勞埃德·奧斯本
見證人：哈樂德·瓦特斯

在那個時候，史蒂文森生活在太平洋上的一個小島上，幾個月之後他才收到了那個女孩的來信。顯然，他在收到來信的時候非常高興。下面就是史蒂文森的回信：

給安妮·艾德的回信

西元 1891 年 11 月，薩摩亞的維利馬
我親愛的路易莎：

妳寄過來的教堂照片、妳與妳妹妹的照片以及妳充滿趣味的信件，都讓我覺得自己的這個生日比所有富人過的更加開心快樂。現在，我可以說是妳最親近的親人了。我不敢確定這樣的情況之前是否發生過 —— 妳的父親應該知道的，但我不認為他會這樣做。但我認為，我應該在這個時候去拜訪一下妳，直到我們得到法律方面上一些建議。話又說回來，我非常高興在教堂那裡看到我的教女能夠畫畫。透過妳的來信，我知道妳是一個非常聰明的人。透過妳寄過來的照片，我知道妳是一個非常美麗的女孩，這些都讓我覺得非常開

心。因此，妳可以看到踐行美德最終會讓人得到回報的。我收養妳時的第一個念頭完全是出於仁慈之心。現在，我為自己感到非常自豪，也為妳感到非常驕傲。我選擇了自己所希望看到的教女。因為我也能夠畫畫，當然我的意思是我應該在忘記怎麼畫畫之前認真畫一下。我還遠遠沒有成為一個傻子呢，無論我多麼認真地對此進行觀察。我感覺自己的心情就像是這個晴天一樣燦爛，至少我曾經希望也許我應該做到這點。這樣的話，妳就能看到我們能以非常好的狀態相見，能夠觀察到真正重要的點。我非常高興地看到妳比妹妹還大一些。要是我有一個女兒的話，情況也該是如此的。因此，妳從妳的教父那裡得到的教育與學習的美德著實讓我感到非常驚訝。

我希望妳能告訴妳的父親 —— 我這樣做並不是要與他為敵 —— 我們之前也一起度過了非常美好的時光。他們在穆林努這個地方遭遇了一些糟糕的事情，而領事也正在撰寫一些報告。我現在正在給《泰晤士報》寫信。如果我們在當下無法擺脫這些朋友，那麼我就會對除了我的教女之外的任何人事都感到深深的絕望。

妳提到的關於自己出生日期的問題上是非常錯誤的。從註冊這個日期開始的時候（正如新聞媒體在報導的時候總是顯得那麼嚴肅認真），11 月 13 日就成為了妳唯一的生日。妳

就再也不是在耶誕節那一天過生日了。妳可以去問問妳的父親，我肯定他會告訴妳這是完全符合法律規定的。因此，妳現在要比之前年輕了四十二天了，但按照人類成長的正常週期，妳也會慢慢長大的，因為相比於耶誕節，11 月 13 日距離下一年更遠一些。這件事給我帶來一些困惑。正如妳所説的，我希望自己能夠長命百歲。但是，我可能就像是一匹馬拉著的輕便馬車，隨時可能會散架。顯然，採取這樣的行動著實是比較冒險的，但我從來沒有對讓妳成為我的教女這件事感到遺憾。

羅伯特‧路易斯‧史蒂文森

上面這些信件都收錄在《羅伯特‧路易斯‧史蒂文森的信件》一書裡，收集者是查爾斯‧斯克里布納，作者允許我用在此處。

■ 勞勃·騷塞

Robert Southey，西元 1774 ～ 1843 年，英國浪漫派詩人，湖畔派詩人之一。1813 年被封為桂冠詩人。騷塞還是一位多產的書信作家、文學學者、散文作家、歷史學家和傳記作家。

他生於布里斯托一個布商家庭，青少年時期思想激進，飽讀伏爾泰、盧梭的著作，在西敏公學（Westminster School）學習時曾因撰文反對校方體罰學生而被開除學籍。進牛津大學後，他更醉心法國大革命，寫史詩〈聖女貞德〉歌頌革命，後來還與柯勒律治計畫在美洲的森林裡建立烏托邦社會。但中年後騷塞的政治態度卻變得十分保守，還熱衷於趨附權貴，成了統治者的御用文人，西元 1821 年他以桂冠詩人身分作頌詩〈審判的幻景〉，頌揚去世不久的英王喬治三世，攻擊拜倫、雪萊等詩人，稱他們是「惡魔派」。拜倫作同名諷刺長詩一首，對喬治三世和騷塞作了盡情的奚落。

騷塞的著名短詩有〈布倫海姆之戰〉、〈不再與死人為伍〉和〈因尺角之石〉。他還撰寫隨筆和歷史。童話故事《三隻小熊》就取自其長達七卷的雜記作品《醫生》。騷塞的詩作往往具有東方風格和異國情調。此外，他為

約翰‧班揚（John Bunyan）、約翰‧衛斯理（John Wesley）、威廉‧古柏（William Cowper）、奧立佛‧克倫威爾（Oliver Cromwell）和霍雷肖‧納爾遜（Horatio Nelson）都寫過傳記。他還研究葡萄牙及西班牙的國情，寫過《巴西歷史》和《半島戰爭史》。

給他的孩子的信件

十九世紀初期，在英格蘭坎伯蘭郡地區，有一群被我們稱為「湖畔詩人」的詩人，因為他們所居住的環境，是以周圍的美麗湖畔而聞名的，故而有此稱號。這些詩人當中有騷塞、柯勒律治與華茲華斯。

騷塞與柯勒律治是非常友好的朋友。當厄運降臨到柯勒律治身上的時候，騷塞展現出了他對柯勒律治的愛意，因為他將柯勒律治的孩子接到自己的家裡撫養。

在同一個屋簷下，這些男孩女孩們都養了許多貓，因為騷塞非常喜歡這些動物。他曾經寫過一本名為《貓的伊甸園的歷史》的書。

騷塞在生前獲得了許多榮譽。西元 1813 年，他被國王選為「桂冠詩人」，幾年之後，牛津大學同樣給了他一些榮譽稱號。

所謂的桂冠,就意味著國王獎賞給詩人一頂桂冠。在英國,所謂的「桂冠詩人」其實就是國王的詩人。桂冠詩人要在特殊的場合下創作詩歌,比如歌頌戰爭勝利,或者在某位皇室成員的誕生或者去世的時候創作詩歌。之所以會有「桂冠詩人」這個名稱,就是在某個階段,國王都會在公開場合賜給這些詩人一頂桂冠。

　　一個桂冠似的花環,自古以來都被視為是榮譽的一種象徵。在古希臘的運動競賽裡,最後獲勝的選手並沒有得到什麼獎勵,他們得到的就是一頂桂冠。

　　在那個時候,騷塞給他的小女兒們寫了這封信。

西元 1820 年 6 月 26 日

　　貝莎、凱特與伊莎貝爾,妳們都是非常乖的女孩,妳們給我寫了一封非常好的信件,這讓我感到非常高興。這可能是我這段時間給妳們回覆的最後一封信了。因為我在週一中午的斯特里特姆時,剛好有一段閒暇時間,因此我會用這段時間跟妳們講述一下牛津大學優等生畢業典禮的歷史,這個典禮是由大學的副校長來主持的。

　　妳們肯定已經知道了,因為我創作出了一些還不錯的書,特別是《衛斯理的人生》一書,這讓我得到了牛津大學副校長的邀請,他們想授予他們大學所能授予的榮譽,那就是

讓我獲得榮譽法律博士。現在妳們肯定知道了，牛津大學的優秀畢業生典禮是最為隆重的年度慶典。

優等生畢業典禮是在一個戲院的圓形建築裡舉行的。回家之後，我會給妳們畫一下當時的情況。這個戲院裡坐滿了人。當戲院坐滿了人之後，副校長以及各院系的院長以及博士生們都進入之後，那些優等生此時並沒有像神學院那樣穿著長袍。直到舉辦者示意他們進入之後，他們才陸續地走進戲院，一個個排成一行。民法教授菲利莫爾用拉丁文發表了一篇很長的演說，告訴副校長以及各位博士生們他們是非常優秀的人，因此才能被稱為優等生。接著，他與每個人握手，然後向他們頒發獎章，大聲宣讀他們的名字，說出他們的院系以及專業。臺下的觀眾都發出大聲的歡呼，表達他們對這些人的認可與敬意。副校長站起來，用最高級的形容詞去讚揚這些優等生。教區執事走過來，引導剛剛成為博士的學生走上前，然後坐了下來。

哦，貝莎、凱特與伊莎貝爾，如果妳在那一天看到了我就好了！我就像其他穿著猩紅色精美衣服的博士生一樣，手裡拿著黑色的天鵝絨帽子。那一天，我花費了一個基尼幣才租用了這身衣服。

女兒們，妳們知道對我來說，帶上一個大假髮，被別人稱為騷塞博士，現在可能是恰當的，但是這樣的裝扮看上去

是非常嚴肅的，顯得也比較滑稽。如果妳們知道了優等生典禮會對我的人生產生巨大的影響，那麼妳們也不需要對此過分驚訝。但要是我在家的時候，我肯定不會戴著假髮、穿著長袍的。

> 願上帝保佑妳們！
> 永遠愛妳們的父親
> 騷塞

　　有時，騷塞還會為自己的孩子寫一首詩歌。他最著名的一首詩歌就是〈洛多爾的急流〉，這首詩歌裡對流動的河水進行了神奇的描寫。前面的幾句詩歌就能讓我們感知到這點。

> 「水是怎麼流到洛多爾呢？
> 我的小孩曾經這樣問我。
> 他還要求我用有韻律的話語
> 告訴他這樣的事實。
> 接著，我的一個女兒過來了，
> 另一個女兒過來，
> 她們都是過來附和哥哥的話語，
> 想要知道水是如何流到洛多爾河的，
> 我不得不要為他們創作有韻律的詩歌。」

　　顯然，騷塞這封信寄給卡斯伯特，而卡斯伯特正是騷塞在信中提到的那一位「小孩」。

西元 1825 年 7 月 2 日,萊頓

我親愛的卡斯伯特:

　　我從洛多維科·威廉·比爾德狄克那裡為你要了一份禮物,洛多維科是一位年齡跟你姐姐伊莎貝爾年齡相仿的、優秀的男生。這份禮物是一本荷蘭詩歌集。我回家之後,會跟你一起朗讀。當他還是個小男孩的時候,就開始學習寫字了,他的父親就像我一樣,都會經常在複寫本上寫下一些詩句,最後將這些詩句集合起來出版。洛多維科會在這本書寫上自己的名字以及你的名字。他是一個非常友善的好男孩,我希望你們在未來的某個時刻能夠相遇。

　　我必須要告訴你有關他養的鸛鳥。尼基也知道,在這個國家裡有很多鸛鳥,人們認為傷害鸛鳥是一件很邪惡的事情。鸛鳥會自己做巢穴,牠們製造的巢穴就像是裝髒衣服的籃子,牠們的巢穴一般是建在房子或者教堂上。在這些巢穴外面,一隻年幼的鸛鳥掉落在地面上,就會有人將牠放在花園裡。這隻鸛鳥努力地想要飛起來,但是卻落在了比爾德狄克的花園裡,在清晨被人發現的時候幾乎要死了。這隻鸛鳥的翅膀與鳥喙都失去了顏色,變得蒼白。要不是心地善良的比爾德狄克夫人認真照料的話,牠肯定已經死去了。她給了這隻鸛鳥食物,牠漸漸地恢復過來了。第一天晚上,他們將這隻鸛鳥放在花園裡某個類似於涼亭的地方,我很難跟你

解釋這是怎麼樣的一個地方，因為我自己也沒有親自看見。第二天晚上，這隻鸛鳥已經能夠走到敞開的大門。牠非常喜歡洛多維科，洛多維科也非常喜歡這隻鸛鳥。他們經常一起玩耍，洛多維科的父親表示看到他們一起玩耍，真的覺得心情愉悅。因為鸛鳥是一種體型很大的鳥，個子很高，身板很直，幾乎跟你一樣高。這隻鸛鳥是很糟糕的花園護理者，牠會吃蛇，但牠的那雙大腳也會將花園弄得很亂，搗壞了草莓以及其他的蔬菜。但是，比爾德狄克先生與夫人並沒有在意這些，因為這隻鸛鳥喜歡洛多維科，因此他們也喜歡這隻鸛鳥。有時，他們甚至會特地走一大段路到城鎮為牠買一些鰻魚，因為這種魚在萊頓買不到。

我來到他們家的時候，這隻鸛鳥已經飛走了。牠的翅膀已經完全恢復好了，顯然牠認為現在是時候與牠的妻子一起過上安定的生活了。洛多維科看見這隻鸛鳥張開翅膀，然後飛走了。洛多維科對此感到很遺憾。這不僅是因為他深愛這隻鸛鳥，更因為他擔心這隻鸛鳥以後無法獨立自主地生活，可能面臨著飢餓的危險。就在第二天晚上，這隻鸛鳥又飛回來了，端坐在一堵牆附近的地方。此時已經是黃昏時分，在這個時候鸛鳥的視力根本看不到身旁的任何事物。但是，每當洛多維科大聲地喊叫著這隻鸛鳥的名字時（他之前也是這樣叫這隻鸛鳥的），這隻鸛鳥並沒有飛到花園裡。他們還特地為

牠準備了一些魚，但在第二天早上，牠飛走了，並沒有吃那些魚。於是，我們就認為牠可能已經結婚了，現在與牠的「妻子」過著幸福美滿的生活。現在牠偶爾會過來看一下曾經對待自己不錯的老朋友。

……

我希望你能夠做一個聽話的孩子。當我不在家的時候，你要去做任何你應該去做的事情。

……

將我的愛意告訴你的妹妹以及家裡的其他人。我希望那個小動物已經恢復了健康，而貓咪女士也是一切正常。我想知道那隻名為菲茲倫姆普爾的貓咪是否已經走了，還有家裡是否還養了另外一隻貓。荷蘭這裡貓發出的聲音與英國的貓咪發出的聲音並不完全相同。當我回家之後，我想要告訴你牠們具體是怎麼發出聲音的。

我親愛的卡斯伯特，願上帝保佑你。

你的父親
勞勃‧騷塞

■ 華特·司各特爵士

Sir Walter Scott, 1st Baronet，西元 1771 ～ 1832 年，18 世紀末蘇格蘭著名歷史小說家家及詩人。

司各特 18 個月時患小兒麻痺症而有腿萎縮。12 歲時進愛丁堡大學。他十分欣賞德國的「狂飆文學」，翻譯過德國著名民謠〈萊諾爾〉。西元 1802 年司各特出版《蘇格蘭邊區歌兩集》。1805 年他第一部有分量的作品〈最後一個吟遊詩人之歌〉問世。此後他投資印刷行業。1808 年出版詩歌〈瑪米恩〉，以後他創作了〈湖邊夫人〉、〈特里亞明的婚禮〉、〈島嶼的領主〉等一系列詩歌。他最後一部長詩是〈無畏的哈羅爾德〉。

司各特的詩充滿浪漫的冒險故事，深受讀者歡迎。但當時拜倫的詩才遮蔽了司各特的才華，司各特轉向小說創作，從而首創英國歷史小說，為英國文學提供了 30 多部歷史小說巨著。最早的一部歷史小說《威佛利》西元 1813 年出版，其取材於蘇格蘭。司各特關於英格蘭歷史小說有膾炙人口的《撒克遜英雄傳》（或譯為「艾凡赫」、「劫後英雄傳」）等，關於歐洲史的小說有《昆丁·達威爾特》及《十字軍英雄記》等。司各特的小說情節浪漫複雜，語言流暢生動。後世許多優秀作家都曾深受他的影響。

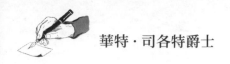
　　西元 1826 年，他投資的印刷廠倒閉，司各特以英雄氣概承擔了 114,000 英鎊的全部債務。他拚命地寫作，還清了債務。過分緊張的工作使他的身體垮了下來。司各特之死使英國舉國悲傷。

給一個蘇格蘭小女孩的信件

　　當華特・司格特爵士還是個孩子的時候，他的身體並不是很好。醫生們建議他的父母將他送到鄉村的農場裡生活。在這裡司格特每天要照看羊群，隨著羊群在山丘上到處遊蕩。有時，他會裹上一張羊皮，在漫天的星星底下睡覺。這個農場在英國的某個地區，這個地方流傳著許多傳奇故事。年幼的司格特對自己聽到的故事特別著迷，閱讀了許多發生在這裡的戰爭以及其他事件的書籍。在農場的一個山丘上，他能夠指出四十三個因為戰爭或者詩歌而聞名的地方。在聆聽了一些激動人心的故事之後，他會自己製造一些木棍或者搬來一些石頭，營造出過去雙方戰鬥對壘的情況。在那個時候，自己在收集有關這方面書籍的時候，他當然不知道，自己以後會成為世界著名的作家。

　　在司格特的一生中，他從未失去過對戶外生活的熱愛。當然，後來成為了作家之後，他將自己大部分時間都投入到

了在案桌上奮筆疾書上面。但在他完成了一天的工作之後，他就會像一個小學生那樣，滿心歡喜地投入到戶外的活動上。有時，他會在花園裡與自己的孩子玩耍，有時他會牽著自己的小狗到鄉村轉悠幾圈。他喜歡那些天性沉默的動物，但是小狗卻是他最喜歡的一種寵物。他給自己的一些寵物取名為「美達」、「坎普」以及「佩西」。在「美達」去世的時候，他甚至還為牠豎立起了一個紀念碑。幾位藝術家將司格特以及「坎普」的畫像都畫上在紀念碑上。

司格特經常在信件裡提到自己的寵物，這充分顯示寵物已經成為了他家庭生活中的重要組成部分。一次，他在信件中這樣寫道：「養小狗是不錯的選擇。貓很容易生病，並且有時會吃掉那些長有翅膀的小鳥。」司格特在信件裡還說：「狗與貓都是不錯的寵物。我敢肯定你從其他人的來信裡知道了，那個可憐的沃拉斯女士（這是一匹小馬駒的名字）在生了兩天病之後，因為炎症死去了」。

在他的孩子們還小的時候，司格特並沒有給他們寫過多少封信，因為在那個時候，他很少離開家。即便如此，我們還是找到了兩三封這樣的信件。這些信件的內容的都是他們在阿伯茲福德簡單的日常生活。

西元 1812 年 4 月 19 日，麥桐的家

我親愛的索菲亞：

　　妳的母親與我收到了妳寄來的信，知道妳們這幾個小傢伙一切安好，我們都非常高興。

　　在哈里斯爵士的年曆裡，妳可以發現許多有關梅爾羅斯修道院的知識。因為我們即將要住在那附近的一個地方，因此可以提前了解一下。這個修道院是大衛一世建造的，他可以說是蘇格蘭國王中最為優秀的一個。

　　我們這裡的天氣非常寒冷，但是今天的天氣好了許多。這裡的雪與霜都讓我們暫時無法前往阿伯茲福德，但我們還是做了許多事情。

　　我希望小華特能夠認真學習，讓布朗老師感到滿意。我敢說，安與查爾斯的表現都非常好。妳要為我親吻一下他們，順便為我拍一下沃拉斯（一條狗）的後背。菲內特（一種有柔順光滑頭髮的賽特獵犬）之前的腿有點瘸，現在好了許多了。

　　我想我們大概會在星期四或者星期五回到家吧！妳可以叫廚師為我們準備一些好吃的東西，這可以是牛排或者羊排，以防止我們回來的時候過了晚餐的時間。

　　告訴華特我從來沒有忘記他製造的「加農炮」。我親愛的

索菲亞，我是永遠愛著妳的。

永遠愛妳的爸爸
華特‧司格特

西元 1813 年 5 月 3 日，阿伯茲福德（這一天的氣溫很像是三月三日那個時候的溫度）

我親愛的索菲亞：

我很遺憾地跟妳說，可憐的卡迪已經不在了。牠的後腿已經沒有用了，於是我們不得不以人性化的方式結束了牠的生命。這可能會讓安感到惱怒，但讓牠繼續活著只會增加牠的痛苦，牠應該也不會對自己這樣的死亡感到任何的遺憾。我之前也想過怎麼去挽救牠的生命，比方說讓牠看一下美麗的孔雀，這些孔雀都是非常溫順的動物，也不會咬孩子們的手。牠們原本都是送給妳很好的禮物。但我想要將這送給安，當作我們家失去驢子的一種補償吧！

我向妳保證，家裡的花園保養的都很好，但是我們真的很希望老天能下雨。俄羅斯人已經占領了但格斯克這個地方，妳也不需要閱讀一些毫無價值的公報了，因此妳可以有很多時間來打哈欠。

永遠愛妳的父親
華特‧司格特

在阿伯茲福德居住多年之火，司格特搬到了愛丁堡居住。他正是在這裡認識了馬喬里·弗萊明。他非常喜歡這個小女孩，將其稱為「他最心疼的寶貝」。

當他感到身心疲憊，不願意工作的時候，他就會叫上自己的小狗，然後他們再找馬喬里玩上一個小時。如果這一天比較冷或者下雨的話，那麼這段旅程對孩子來說也是非常愉快的。因為司格特會背起自己的女兒，正如牧羊人會背起那些小羔羊一樣。

馬喬里是一個非常聰明的女孩，她活躍的大腦很快就讓她孱弱的身體支撐不住了。她只活到了七歲。

在她五歲的時候，她就顯得「非常老成了，甚至開始能夠寫信了」。下面就是她寫給姐姐伊莎貝爾的一封信。

我親愛的伊莎：

現在，我坐下來回覆妳寄過來的那一封充滿友善與愛意的信件。這是我人生中第一次寫信。廣場上有很多女孩子，她們都哭得像一頭豬那樣，只是因為我們不得不要殺掉一頭豬。波圖姆女士給予了我很高的讚賞。我重複了迪恩·斯威夫特的一些話，她說我適合在舞臺上進行表演。妳可能認為我是假正經，但我覺得這是有點瞎說的了。順便說一下，「瞎說」這個詞是威廉創造出來的，妳可能會對這個詞語的使用感到有點惱怒。那個胖墩墩的傻瓜說我的阿姨非常美麗，這

絕對是不可能的事情啊！因為美麗並不是她的本性。

馬喬里在另一個時候寫了下面這封信：

「我現在將要告訴妳，最讓我頭痛的事情，就是背誦乘法口訣表所帶來的痛苦，妳簡直無法想像這樣的痛苦到底有多深。比方說 8 乘以 8 與 7 乘以 7 等運算，這簡直讓我無法忍受。」

伊莎貝爾還記得馬喬里在背誦乘法口訣表上顯得非常掙扎，她在回信裡這樣說：

「妳的乘法口訣表背得怎樣了？妳還是像之前那樣整天糾結於 9 乘以 9 等於多少的問題嗎？」

下面一封信是兩年之後寫的：

我親愛的媽媽：

得知妳一切安好，我也感到非常高興。我的身上長了許多麻疹……我開始學習跳舞了，但我不是很喜歡跳舞，因為很多男孩子都會嘲笑我跳得不好。

我會盡可能經常給妳寫信的，但我覺得自己不可能每個星期都給妳回覆一封信。我非常想念妳，就像是一個孩子想要張開雙臂，想要擁抱妳一樣。我像任何人一樣尊重著我的母親。妳不知道我有多麼愛妳。我將永遠成為忠誠於妳的孩子。

馬喬里・弗萊明

一個月後，馬喬里寫了這封信，這是她寫的最後一封信，因為她寫完之後沒多久就去世了。

我親愛的母親：

我可能覺得我已經把妳忘記了，但是我可以向妳保證，我想錯了。我始終都在想念著妳，經常嘆息為什麼我們互相愛著對方卻要相距這麼遙遠。

每天早上七點，我們就開始練習舞蹈，在八點的時候，我們回到家，開始閱讀《聖經》，然後不斷地重複閱讀，直到十點鐘。接著，我們會在十一點上音樂課。接著我們要學習寫作與計算的課程。我們在十二點到一點期間學習縫紉。在這之後，我要學習語法知識，接著工作到下午五點。

在晚上七點的時候，我們都會開始學習編織，要是晚上不需要跳舞的話，我們就會做到八點鐘。這些都是非常精確的描述。我必須要與我所愛、所尊敬的人進行匆忙的告別了。我感覺自己的智力在不斷衰退了。我希望妳們一切安好。

馬喬里・弗萊明

附注：一包舊卡片是例外的，是可以寄過來的。

■ 湯瑪斯・胡德

Thomas Hood，西元 1799 ～ 1845 年，英國詩人、作家、幽默家。

胡德出生在倫敦，是一個書商的兒子。13 歲時他給一名商人當學徒，但是糟糕的健康狀況迫使他去蘇格蘭住了三年。然後他師從一位雕刻師，這段經歷讓他後來得以為自己的作品畫插圖。在擔任《倫敦雜誌》的助理編輯期間（西元 1821 ～ 23 年），他結識了托馬斯・德・昆西（Thomas De Quincey）、威廉・哈茲裏特（William Hazlitt）和查爾斯・蘭姆（Charles Lamb）。他的第一部著作，與約翰・漢密爾頓・雷諾茲（John Hamilton Reynoldss）合著的〈大人物之歌〉（*Odes and Addresses to Great People*）（西元 1825 年），是匿名發表的。柯勒律治猜測此書出自查爾斯・蘭姆之手。

同時也創作了一些嚴肅題材的人道主義詩歌如〈襯衫之歌〉（西元 1843 年）。這首詩的創造靈感來自於詩人對服裝工人悲苦勞動命運的憤慨。〈嘆息橋〉（西元 1844 年）描述了一個無家可歸的女孩投河自盡的故事。胡德是把哀婉和幽默融為一體的天才詩人。為追求效果，他的幽默詩常常依賴雙關語，例如在〈不貞的莎莉

布朗〉這首詩裡他這樣寫到:「他死了,在自己的鋪上,剛剛四十出頭;他們把死訊告訴教堂司事,司事敲響了喪鐘。」很不幸,胡德雖然幽默,但一生命運多舛,一直在貧病交加中掙扎,這首詩後來證明也預言了他自己的命運,胡德本人也僅僅活了 45 歲。

湯瑪斯‧胡德寫的幾封信

有人曾經說過:「信件就像是長了翅膀一樣,能夠將我們的思緒傳遞到那些不在我們身邊的人那裡。」如果人們在信件裡只是講述一些快樂的事情,那麼郵件袋的重量將會變得很輕。但在很多情況下,郵件袋都是很沉重的,因為這裡面裝的信件都充斥著許多人哀嘆的聲音。

但是,在湯瑪斯‧胡德寫給自己那些年長或者年幼的朋友的信件當中,我們很難發現任何悲傷的情感。有時,他創作的詩歌是略帶悲傷的,但是他所寫的信件卻是充滿了陽光的氣息。

湯瑪斯‧胡德是一位非常忙碌的人,但與此同時他的身體又不是很好。至於他到底遭受了什麼樣的痛苦與失望,可以說任何人都無法知道,因為他從來不讓這些讓自己感到失望的事情走出自己的心靈。

他的家可以說是一個快樂的地方,家裡有一個較大的操

場，鄰居的很多孩子都可以過來玩耍。他與自己的兒子湯姆與女兒芬妮的其他朋友過來玩耍。

　　但是，他最喜歡的一個孩子卻是那位醫生伊里亞德的孩子。某個夏天，他給這些孩子寫了下面這些信件。誰能想到這些信件都是一個飽受疾病，忍受痛苦的人寫的呢？

　　西元 1844 年 7 月 1 日，紐芬奇利的德文郡旅館，聖約翰森林

我親愛的鄧尼：

　　我聽說你在沙門所做的事情，你對自己能夠在海邊玩耍感到非常高興。但是，你的父母可能要罵你一頓，才能讓你稍微收斂一下，不要每天都跑到海邊玩耍。我也是非常喜歡大海的，雖然我有兩次差點都被海水淹死。一次是在一艘船上遭遇了暴風雨，另一次則是木船的底部穿了一個洞，我差點淹死了。當然，你之前也肯定游過泳，我想知道，你現在是否已經學會了游泳呢？在帶有鹽分的水裡游泳要相對容易一些，相比較來說，在鹽水裡跳水裡也是如此，這些都是水槽根本無法相比的。現在，我只能在幻想的世界裡「游泳」了，努力產生一些全新的想法。

　　大海的海浪是不是很有趣啊？雖然我對海浪的成因也不是很了解，但是海浪的到來會讓海水出現溢出的情況，最後

散落在沙灘上。海浪到來的節奏就像每個孩子每天都要準時去上私人學校一樣，但不同的是，海浪的到來並沒有節假日之分，而是每天都是如此。當海浪的來勢比較洶湧的時候，一旦撞在石頭上，就會發出嗒嗒聲。你就會看到其中一些海浪撞在了一些大理石上，然後濺起了許多水花。有時，你會聽到遠處的海浪發出的聲音，這就像是一個震耳欲聾的呼嚕聲。一些人曾經說過，第九個海浪總要比之前的每一個海浪都要更大一些。我經常會對此進行計算，但卻從來都沒有發現這個所謂的事實是真實的，可能對裁縫師來說，情況可能如此。但在糟糕的天氣環境下，大海會產生許多洶湧的巨浪，其中一些巨浪要比連續三個湧來的海浪都要更加強大。據此，我認為不列顛尼亞可以說是統治著這樣的海洋。當我還是一個孩子的時候，就喜歡在海邊玩耍，雖然有時真的會遇到非常洶湧的巨浪。我與我的弟弟經常會朝著海浪投擲數百枚石頭，就像你現在也會經常這樣做。但是，在海水沖過來之前，我們就已經離開了海邊，到一個安全的地方去了。在那個時候，我們正在與法國人開戰呢。遺憾的是，現在兩國已經處於和平狀態了。否則，你能夠在用石頭投擲敵人的海岸線這個過程中得到極大的樂趣。以前，我經常會這樣想，那就是認為自己差點擊中了波尼。接著，我們都會幻想尋找一個像是魯濱遜曾經漂流到的那個海島。你是否已經找

到了一個四面環海的小島呢？我還記得，當海水在流動的時候，自己站在海邊上，直到最後漂流到了一個半島上，接著讓自己成為這個小島上的主人。

在海邊也能捉到很多小魚。我經常會用很長的釣魚線去釣比目魚。這種感覺就像是在水裡放風箏一樣。但是，沙門的海邊也許根本就沒有比目魚出沒 —— 有的可能只是你的鞋底。如果你想要知道哪個地方有沒有比目魚的話，那麼最好的方法就是找來一些幼鱈，然後將牠們做成比目魚的形狀。我就有一次釣到了比目魚，看到這條魚身上全是紅點，我當時還以為這條魚得了麻疹呢。

你是否希望自己能夠在海上進行一次航行呢？如果我乘坐輕舟離開沙門的話（只是我現在還沒有建造這樣的輕舟），那麼我就會帶著你乘坐這條輕舟去環行一次。與此同時，你也可以練習一下自己的划船能力。但是，你要注意船隻不能撞到礁石或者進水了。正如一些人所說的，遭遇這樣的狀況會讓你無功而返的。我之前就曾遭遇過類似的情況，船隻的底部也穿了一個小洞。我及時想到了湯姆，湯姆非常聰明，立即做出了一個軟木塞堵住了洞，最終船隻沒有沉沒。

到那個時候，我想你就再也不會是一隻旱鴨子了。你能夠成為「兩棲動物」了，既能夠在陸地上行走，又能在水裡前進，也許你更加擅長在水裡前進的方式。當你長大之後，難

道你不想出海嗎？難道你不想成為海軍學校的學生嗎？難道你不想成為一名戴著三角帽的舵手，手持著利劍，成為一個真正意義上的男人嗎？如果你下定決心想要成為一名上校艦長，記得告訴我。我會盡力與一些人進行接觸，為你實現這些夢想鋪路。湯姆現在剛剛學會在船隻裝上索具，因此我認為他可能想要成為海軍上將。但是，在你下定決心之前，一定要記得舷窗這個地方，在戰鬥門那裡有很多門大炮，這是一種比捉迷藏更加糟糕的遊戲。

我年輕的「老傢伙」，再見了。你在海邊附近玩耍的時候記得要注意安全啊！在海邊的一些地方其實水是非常深的，你千萬要注意安全。記住，當你在海水裡洗澡的時候，如果遇到鯊魚了，最好儘快地逃離。但願你的身體早日康復。

親愛的鄧尼，我將會是你永遠的朋友。

湯瑪斯‧胡德

附注：我聽說沙門這個地方以前有龍蝦可以捉的，但是一些荒謬的故事卻將龍蝦這個單字拼成了「長枕」。

西元 1844 年 7 月 1 日，紐芬奇利路德文郡旅館
我親愛的梅：

妳最近過得怎樣呢？妳喜不喜歡大海呢？也許妳不是很喜歡大海，因為大海實在是「太大」了。但妳是不是喜歡小一

些的「大海」呢，好讓妳能夠將這個大海裝進一個洗臉盤裡面呢？乍一看，大海似乎是非常醜惡的，但是大海卻是非常有用的。如果現在是將近乾旱的夏天，那麼我就會想將大海帶回家，用海水去澆灌我的花園。要是用大海的水去驅趕乾旱的話，那麼所有的疾病都會消失。

我還記得，當我看到大海的時候，大海有時會顯得情緒非常不穩定，顯得煩躁不安，似乎始終都無法將自身清洗乾淨。但觀看大海的過程卻是非常有趣的。當妳在海灘上與海浪比誰跑得快時，那麼妳的鞋子裡面都會裝滿了水。

我個人覺得，沙灘上可能沒有什麼花朵，或者說我應該讓妳給我帶來一束花，就像妳以前在斯特拉特福德那樣。但沙灘上這裡卻有很小的螃蟹啊！如果妳為我抓住一隻螃蟹的話，那要記得教會這隻螃蟹跳波爾卡舞啊！這肯定會讓我感到無比快樂的。因為我在很長一段時間裡都沒有什麼可以玩耍的東西了。妳是否想過讓那隻螃蟹這樣嘗試一下呢？妳可以試試看，因為這肯定是非常有趣的。一開始，妳不要因為自己會跌倒而選擇放棄，妳每天只需要訓練一個小時，就能教會嬰兒在地面上爬行。如果他還不會走路，如果我是他的媽媽，我也會這樣做的。祝福他吧！但我不能在信中繼續說他了，他是那麼的柔軟，我的手上只有鐵筆。

我要停筆了。芬妮已經幫我弄好了茶，在茶水不是太熱

湯瑪斯·胡德

的時候就將其喝掉，就像我們在上個週六那樣。很多人說玻璃杯子只能承受 88°C 的溫度，我想說的是，這是一個偉大的時代！在剛剛吹過的一陣微風裡，我給妳送去了十幾個吻。但是風吹的方向發生了改變，我很擔心風會將這些吻送到 H 小姐那裡，或者某個我不認識的人那裡。將我的愛意傳遞給所有人，我要讚美所有這些人。記住，親愛的梅，我是永遠忠誠於妳的朋友。

湯瑪斯·胡德

附注：千萬不要忘記教會那隻小螃蟹跳波爾卡舞，即便妳在回信裡只寫了一行字，我也希望妳能儘快給我回信。

西元 1844 年 7 月 1 日，紐芬奇利路德文郡旅館
我親愛的珍妮：

妳來到了沙門啦！當然，妳肯定希望自己的老玩伴能夠幫妳在沙子上挖一個水坑了，然後在大門前搖擺了。但是，沙門現在可能沒有什麼沙子也沒有門了。在這種情況下，這也許就是無關緊要的小謊言而已。但是，這裡的某個地方的確有一些小螃蟹，如果妳身手敏捷的話，還是能夠捉到一些的。這裡的螃蟹就像是蜘蛛那樣，我希望牠們不會編織網。那些較大的螃蟹看上去則是讓人心生畏懼的。

如果妳想要抓住那些長爪的大螃蟹 —— 這就像是實驗一

樣——妳能將螃蟹與糖類物質放在櫥櫃裡，妳可以看到這些大螃蟹能夠折斷一些東西。除了螃蟹之外，我經常能夠在海灘上面發現一些水母。在我看來，這些水母就像是海豹的雙腳。還有，這裡也沒有雪麗酒喝。

我認為妳在海灘上找不到任何的海花，而只能找到一些海草。事實上，大衛‧鐘斯（David Jones）從來都不願意從自己的床上起來，因此花園裡到處都是野草，他就像是瓦特斯那樣的懶漢。

我聽說妳在大海裡洗澡，這當然是一件非常舒服的事情，但是妳也需要非常小心，因為要是妳長時間泡在海水裡的話，那麼妳可能會變成一條美人魚，也就是說，妳的一半身體擁有女性的特徵，而另一半的身體則會長出魚尾——如果她想要將這條魚尾煮掉來吃的話，也是可以的。妳最好用自己的玩偶去進行試驗，無論它最後是否會長出魚翅，妳都可以嘗試一番。

我希望妳能喜歡大海。當我還是個孩子的時候，就非常喜歡大海，這其實也就是兩年前的事情而已。有時，大海會發出嘶嘶聲，濺起一陣陣泡沫。有時，我會想，我們在倫敦的那些酒販子是不是欺騙了我們，他們是不是將海水的浪花用瓶子裝起來，然後將這些液體當成薑汁去出售。

當大海比較平靜的時候，如果妳從調味瓶裡倒出一些橄

欖油，然後等上一會，那麼大海就會漸漸平靜下來——這要比拌上沙拉醬更管用。

不久前，在妳現在所處的海岸線，曾經出現過一群長著黑色斑點翅膀的白色小鳥，這些小鳥在海面上飛行，發出尖叫聲，然後偶爾一頭鑽進海水裡面捕魚。也許，現在的漁民會用撒網或者魚鉤的方式釣魚了。妳是否見過這樣的小鳥呢？我們通常稱這種鳥為「海鷗」——但是，這些海鷗根本不在意我們稱呼牠為什麼。妳是否見過任何船隻或者漁船呢？當妳看到一艘船的時候，難道妳不希望某個人是一位艦長，而不是一位醫生嗎？這樣的話，他就能給妳帶來一隻小獅子或者小海象，甚至是從外國帶回一些鸚鵡與猴子。我知道一位小女孩的哥哥是水手，他向妹妹保證一定在出海後會帶回一隻年幼的小鯨魚，但小女孩最後因為哥哥沒有帶回來而哭的稀里嘩啦。我認為在沙門這一帶的海域根本就沒有鯨魚出沒，但是妳可以在沙灘上找到海豹的蹤影，或至少找到海豹曾經爬上去休息的石頭。這些海石在乾燥的時候並不是非常乾淨，但被海水打溼之後卻顯得非常漂亮。我們將這些海石保存了下來。

如果妳找到的話，記得幫我帶回一塊海豹打磨過的鵝卵石。我想要紅色的那種鵝卵石，就像是詹金女士的領針與耳環。詹金女士稱這些為「紅色的變色龍」。要是妳找到了

的話，肯定會非常高興的！童年真的是一段非常快樂的時光啊！但是，我認為自己再也無法感受到那樣的快樂時光了，否則我就會變成詹金、梅或者鄧尼那樣的人了。要是我脫下三雙鞋子、三雙襪子，然後用我的六個膝蓋去將船隻划到大海裡的話，那該多好啊！哦！要是這樣的話，我該怎樣進行上下爬坡呢，因為我有三個後背與三個胃部。船長平時都是穿著羊毛衫的，這讓我想起了山下的羊群，還有我的小梅，他是那麼純真可愛，我敢說她經常在地面上匍匐前進，然後試著像羊群那樣吃著青草。至少，草地並不是那麼髒。如果妳有空去採摘蒲公英的話，請記住這點。蒲公英長著很大的黃色星狀花朵，通常會在牧場裡生長，但羊群吃了蒲公英之後擠出來的奶往往不是很好喝。

當我有錢購買一個功能強大的望遠鏡的時候，我就會拿著望遠鏡窺視妳。有人告訴我，只要妳有一個好的望遠鏡，就能看到大海遠處的地方，而別人卻看不到妳！現在，我要跟妳道別了，因為我的紙不夠用了。妳要將我的愛意傳遞給妳的母親，還要幫我讚美一下 H 小姐。千萬要記住了。我親愛的珍妮，我永遠是妳忠誠的朋友。

湯瑪斯・胡德

另一個湯姆・胡德也將他的愛意傳遞給任何人與任何事物。

附注：千萬不要忘記了我的鵝卵石：一個淘氣的小女孩也可以算的上是一件奇珍異寶。

在湯瑪斯・胡德給梅寫信前的幾天，他們還在一起舉辦了野餐活動。雖然他們手牽手地走路，結果不小心絆到了石頭，最後掉到下面的荊豆叢裡。

西元 1844 年 4 月 1 日，聖約翰樹叢，榆樹路十七號

我親愛的梅：

我答應過給妳寫信，現在就兌現了。我肯定記得要給妳寫信啊！因為妳就像從山上滾下來的圓石頭那樣難以讓人忘記。這實在是太有趣了！只是荊豆叢下面長著太多有刺的植物了，我當時還認為自己的口袋裡裝著一頭豪豬，另一個口袋裡裝著刺蝟呢。下一次，我們落地的時候，記住要先將臉上的鬍子刮乾淨。妳之前有沒有去過格林維奇集市呢？我很想與妳一起去那裡逛逛，因為我在聖約翰這邊都沒有什麼好玩的。湯姆與芬妮都只是喜歡圓圓的麵包與黃油，而至於胡德夫人，她則喜歡將金錢卷起來的感覺。

告訴鄧尼，湯姆已經在陽臺上做好了餡餅，並因為這樣而患上了感冒。告訴珍妮，芬妮已經開始踏入花園裡了，但她現在還沒有找到什麼。哦，我多麼希望這是一個「三月的風五月的雨能夠帶來五月的花朵」的季節啊！因為如果那

樣的話，妳就可以送給我一束美麗的花朵了。現在的天氣還在結霜，有時還會有大霧，我不喜歡這樣的天氣狀況。前幾天的一個晚上，當我從斯特拉特福德回來的時候，寒冷的天氣讓我渾身發抖。當我回到家之後，我還以為我是自己的孩子呢！

儘管如此，我還是希望我們能夠度過一個愉快的耶誕節！我肯定會穿著最讓我渾身發癢的背心，不斷地發笑，直到我變得很肥胖，或者變得焦躁不安。芬妮現在可以喝一杯酒了，湯姆的嘴巴腫脹起來了，胡德夫人則忙活著準備晚餐！那一天將會有很多事情要做！還有那麼多好吃的東西。但是，我們要祈禱、祈禱，不斷地祈禱，千萬不要在做圓鼓鼓的布丁時，不小心將嬰兒給煮了，而要記住拿李子去做。

將我的愛意傳遞給所有人，包括維利。我隨時準備著與妳再次從山上一起滾下來的。

永遠忠誠於妳的朋友
湯瑪斯‧胡德

附注：在胡德寫這封信的時候，維利在他的那個年齡段可以說已經長得很高了，梅是他最小的妹妹，在那個時候的身高不符合她的年齡。

湯瑪斯・胡德

■ 查爾斯‧狄更斯

Charles John Huffam Dickens， 西 元 1812 ～ 1870 年，維多利亞時代英國最偉大的作家，也是一位以反映現實生活見長的作家。狄更斯的作品在其有生之年就已有空前的名聲，在二十世紀時他的文學作品受到評論家和學者廣泛的認可。狄更斯的小說和短篇故事繼續廣為流行。

狄更斯他在自己的作品中，以高超的藝術手法，描繪了包羅萬有的社會圖景，作品一貫表現出揭露和批判的鋒芒，貫徹懲惡揚善的人道主義精神，塑造出眾多令人難忘的人物形象。他的三十多年的創作生涯，寫了十五部長篇小說，許多中短篇小說，以及隨筆、遊記、時事評論、戲劇、詩歌等，為英國文學和世界文學作了卓越的貢獻，一百多年來他的代表作《雙城記》在全世界盛行不衰，深受讀者們的歡迎。

狄更斯西元 1812 年出生於英國朴茨茅斯，是伊莉莎白‧巴羅的第二個孩子。狄更斯 5 歲時全家就遷居查塔姆，10 歲時又搬到康登鎮（Camden Town，今屬倫敦）。

約翰‧狄更斯因債務問題而入獄，一家人隨著父親遷至牢房居住，狄更斯也因此被送到倫敦一家鞋店作學

徒，每天工作 10 個小時。或許是由於這段經歷，備嘗艱辛、屈辱，看盡人情冷暖，使得狄更斯的作品更關注底層社會的生活狀態。小說《大衛‧科波菲爾》中，就是描寫了自己這一段遭遇。

不過後來由於一筆遺產而令家庭經濟狀好轉，後來又轉入報館，成為一名報導國會辯論的記者。狄更斯並沒有接受很多的正規教育，是靠自學成才。

狄更斯連續出版了多部廣受歡迎的小說，包括了《霧都孤兒》、《尼古拉斯‧尼克貝》和《老古玩店》。西元 1841 年完成了《巴納比‧拉奇》後，狄更斯前往他所嚮往的美國。雖然他在那裡受到了熱烈的歡迎，狄更斯最終依然對那片新大陸感到失望。他在美國的見聞被收入進其在 1842 年出版的《美國紀行》。

西元 1843 年他出版了引起極大反響的小說《聖誕聖歌》，這部小說是他的聖誕故事系列的第一部。隨後他又以自己的美國之行為背景，發表了另一部小說《馬丁‧翟術偉》。1844 至 1846 年間狄更斯遊歷了歐陸各國，在旅行期間繼續進行寫作。1849 年他出版了自傳題材的小說《大衛‧科波菲爾》，這部小說的內容與狄更斯的個人經歷有很大關係。狄更斯以後的小說顯得更為尖銳並具批判性，其中比較著名的包括了《荒涼山莊》、《艱難時

世》、《小杜麗》、《雙城記》和《遠大前程》等。

　　西元 1850 年，狄更斯創辦了自己的週刊《家常話》，收錄了自己和其他一些作家的小說。1859 年另一份刊物《一年四季》也開始發行。狄更斯本人的多部作品都是最先以連載的形式在這兩份刊物上發表的。

　　狄更斯不僅是一位多產的寫作者，也是一位積極的表演者。他把公開朗讀會（public readings）化作兩小時獨角戲劇表演，而「提詞本」（prompt books/prompt copies）則是他為此所作的準備記錄：在原作上劃框，擇要而出，省去枝蔓，偶爾添點新笑話 —— 對這位天才的表演者，人物表情記號是不需要的。狄氏朗讀／演劇會始於西元 1853 年 12 月，至其生命終了，十餘年間行腳遍及大西洋兩岸。「提詞本」是狄更斯為自己寫的舞臺說明（stage directions），為狄更斯研究和後來的衍生戲劇、影視創作提供了鮮活的參照。

　　狄更斯一生刻苦勤勉，繁重的工作和對改革現實的失望，嚴重損害了他的健康。西元 1870 年 6 月 9 日狄更斯因腦溢血與世長辭，臨終時他的第一部偵探小說《埃德溫·德魯德之謎》也未能完成。在遺囑裡，他希望以「節儉、低調和完全私人的方式」就近安葬於羅徹斯特座堂。但其家人隨即接到維多利亞女王禦旨，令狄更斯葬

於西敏寺的詩人角。他的墓碑上寫道：「他是貧窮、受苦
與被壓迫人民的同情者；他的去世令世界失去了一位偉
大的英國作家。」

查爾斯‧狄更斯給自己的小朋友的一些信件

　　一天，查爾斯‧狄更斯收到了一位小男孩的來信，來信
裡還附上了芬妮‧斯克爾斯的畫像。這個小男孩對尼古拉
斯‧尼克貝的故事裡的史麥克、斯克爾斯、芬妮以及其他的
人都非常感興趣，他似乎認為這些人物都是真實存在的。男
孩很討厭芬妮，為了對她進行報復，於是給她畫了一幅很醜
的畫。

　　顯然，這個男孩的來信讓狄更斯感到非常高興，因為男
孩似乎非常喜歡他的這個故事。於是他就給亨弗里‧休斯校
長寫了這封信。

西元 1838 年 12 月 12 日，倫敦
尊敬的先生：

　　芬妮‧斯克爾斯是應該得到照顧與依賴的。你的畫其實已
經非常相像了，只是我認為她的髮型是比較捲曲的。你畫的
鼻子跟她的形象非常相似，還有你畫的腿也是很相似的。她

的確是一個讓人看了比較反感的人，我知道要是你的這幅畫被她看到了之後，她會非常生氣的。我要說的是，我希望她到時候會有那樣的反應。你想要表達的意思我知道——至少我認為我是知道的。

　　我原本應該給你回覆一封很長的信，但要是我喜歡那個收信的人的話，我寫字的速度是無法很快的，因為這會讓我經常想起他們，表達出我的愛意，於是我就跟你這樣說了。除此之外，現在是晚上八點鐘，除了我的生日之外，我一般都是在八點鐘上床睡覺的。在生日那天，我會在八點鐘吃晚餐，因此除了我上面跟你說的那些話之外，我不會再說其他話語了。在此，我表達對你以及海王星的愛意。如果你能在每年的耶誕節為我的健康乾杯祝賀的話，那麼我也會為你的健康乾杯祝賀。

尊敬的先生，我是永遠忠誠於你的
查爾斯‧狄更斯

　　附注：我寫自己的名字不是很好看，但你知道我想要表達的意思，因此不要對此太在意。

　　附注：這些信件都是從《查爾斯‧狄更斯的信件：西元1833～1870年》裡摘錄的，筆者得到了出版方麥克米蘭公司的允許。

查爾斯·狄更斯

　　狄更斯的孩子在加德山丘上肯定度過了非常愉快的歲月！我們可以相信一點，那就是一大群快樂的男孩與女孩，每個夏天都在這裡無憂無慮地度過。狄更斯本人則像是一個孩子王帶著自己的孩子去尋找樂趣。難怪孩子們將他稱為「獨一無二的人」。

　　我們都希望狄更斯給回信的那位生病的女孩能夠儘快康復，與他的孩子到鄉村裡一起玩耍。

西元 1859 年 4 月 18 日，星期一，倫敦塔維斯托克廣場的塔維斯托克房子

我親愛的羅蒂：

　　我只是想提醒一下你，我一直認為妳很快就會好起來的，妳很快就會成為一個身體強壯、充滿活力的人。還有，我期待著在這個夏天的加德山丘上看到妳玩耍的身影，希望妳與這裡的女孩們一起玩耍，將所有關於普洛斯的煩惱全部放下來。妳知道普洛斯那位獨一無二的父親是沒有什麼好玩的。這位父親說過的話就一定會實現。因此，我給妳送去了我的愛意（請妳好好珍藏這一份愛意），認真聆聽我的教導（希望妳能夠認真聽從）。

永遠愛妳的
查爾斯·狄更斯

雖然這是從狄更斯的一些信件裡摘錄下來的，這些信件並不是寫給某個孩子的，而是關於這個孩子的內容。因此，這些內容可能會讓孩子們感興趣。

　　下面是一段對話（但這需要模仿），這是我昨天早上與房子裡的一個小男孩進行的，這個男孩是地主的兒子。我覺得這個男孩的年齡與普洛斯相差無幾。我當時正坐在沙發上認真寫作，發現他就坐在我身旁。

　　獨一無二的父親：嘿，年輕人。

　　愛爾蘭年輕人：你好。

　　獨一無二的父親：（用愉悅的口吻說）你真是一個聽話的好孩子！我非常喜歡像你這樣聽話的孩子。

　　愛爾蘭年輕人：真的嗎？你說的沒錯。

　　獨一無二的父親：年輕人，你正在學習什麼？

　　愛爾蘭年輕人：（非常認真地聆聽著眼前這個大人所說的話語，露出一臉稚氣）：我學習了三個音節，兩個音節以及一個音節。

　　獨一無二的父親（口氣愉快地說）：你這個騙子！你學到了只有一個音節的單字。

　　愛爾蘭年輕人（會心地笑了起來）：你可以說這是經常使用到的一個單音節單字。

獨一無二的父親：你能寫出來嗎？

愛爾蘭年輕人：現在還不會。還要慢慢進行學習。

獨一無二的父親：你學會了算術嗎？

愛爾蘭年輕人（很快就回答了）：這是什麼？

獨一無二的父親：你懂得算數嗎？

愛爾蘭年輕人：我現在還不會算數，這對我來說並不容易。

獨一無二的父親：年輕人，我在週六早上看見一個人戴著一頂士兵的帽子，走過走廊，那個人是不是你啊？那人戴著一頂士兵的帽子。

愛爾蘭年輕人：那是一頂很好看的帽子嗎？

獨一無二的父親：是的。

愛爾蘭年輕人：你認為那頂帽子很少見嗎？

獨一無二的父親：是的，的確是很少見。

愛爾蘭年輕人：那個人就是我。

下面這封信是狄更斯寫給那些邀請他參加他們的生日聚會的孩子的。

西元 1841 年 12 月 16 日，德文郡特雷斯

我親愛的瑪麗：

　　我非常想參加妳的生日聚會，與妳一起吃晚餐。我希望妳始終都能這樣快樂。但在接下來的幾天裡，我要離開家，到很遠的地方去，可能在接下來半年的時間裡，都無法看到我的孩子了。我已經決定了，在接下來的一個星期裡，每天都待在家裡，好好地陪陪我的孩子，就像要是自己的爸爸媽媽接下來要乘坐船隻前往美洲大陸，妳也同樣希望他們能夠留在家裡陪妳玩耍一段時間一樣，我接下來也要前往美洲。

　　雖然在妳生日那天，我不能親自參加妳的生日聚會，但妳可以肯定，我從來都沒有忘記過妳的生日。我也會為妳的身體健康乾杯，希望透過這杯酒能夠將我所有的愛意全部奉獻給妳。我會在下午五點半的時候吃晚餐，我會讓我的女兒瑪麗（我有一個女兒的名字跟妳一樣，但她現在還很小）也為妳的健康乾杯。我們假裝妳彷彿就在我們身邊一樣，或者說，我們現在在羅素廣場為妳慶祝，這是我們所能做的最好事情了。當然，這些都是就目前的情況來看的。

　　妳現在長得很快，等我從美洲回來的時候，妳幾乎要成長為一個女人了。在短短幾年之後，我們就該對彼此說：「難道妳忘記了在羅素廣場上舉辦過的生日聚會嗎？」、「這實在是太奇怪了。」以及「時間過得真快啊！」還有很多這樣類似

的話語。但是，收到妳的生日邀請，我感到非常高興。要是時間允許的話，我肯定會親自過去的。在此，我要向妳表達我的愛意，希望妳能夠過上幸福快樂的生活。這是我發自內心的祝福。

永遠忠實於妳的
查爾斯·狄更斯

西元 1866 年 6 月 18 日，星期一，肯特，羅切斯特的西格漢姆的加德山丘

我親愛的莉莉：

　　我很遺憾不能回到家，就像妳平時要求我為妳閱讀《霍麗樹酒館的靴子》那樣子讀給妳聽。但實際上，我現在已經厭倦了閱讀的工作，想要到鄉村裡走走，聆聽一下小鳥的歌唱。我敢說，在肯辛頓宮殿花園裡肯定有很多小鳥。我可以打包票，這裡的小鳥唱的歌很好聽，雖然牠們甜美的歌聲只會持續一段時間（在冬天來臨的時候，牠們會停止歌唱），那個時候幾乎就是妳與我準備吃下一次耶誕節布丁以及肉餡餅的時候，妳與我還有哈利叔叔都在聖詹姆斯大廳裡相聚。哈利叔叔帶妳過去那裡聽「靴子」發出的聲音，我也在那裡見到了妳，並且給妳閱讀了部分的內容。（我希望）妳能對此給予掌聲，告訴我妳喜歡「靴子」。願上帝保佑妳、我以及哈

利叔叔還有那些「靴子」，願我們都能長命百歲，過上幸福的
生活。

永遠忠誠於妳的朋友
查爾斯‧狄更斯

 查爾斯‧狄更斯

■ 薩福克公爵

Charles Brandon, 1st Duke of Suffolk，西元 1484 ～ 1545 年，其父威廉・布蘭登公爵是亨利七世王朝著名的博斯沃思原野戰役掌旗官。在皇宮裡長大，後來迎娶了亨利八世的妹妹瑪麗・都鐸為妻。薩福克公爵因其仁愛之心和紳士風度，常被後世作家列為作品中的人物大肆描寫。如：瓊・普萊迪的小說《瑪麗，法國王后》、《高塔中的女人》；希拉蕊・曼特爾（Hilary Mary Mantel）的小說《狼廳》；湯瑪斯・懷亞特（Sir Thomas Wyatt）的小說《你的心為何如此柔軟》、裘蒂斯・梅克爾・萊利的小說《蛇園》等都有薩福克公爵的身影。

薩福克公爵給他六歲兒子的信件

這封信的日期是這樣寫的「亨利四世二十八年西元 1450 年。」

在那個時代，英國人書寫日期的時候習慣將國王的名字以及他在位的時間寫出來，因此我們可以將之解讀為亨利四世在位二十八年。在那個時候，英國遭受了許多重大的打擊，薩福克公爵當時是英國政府內部一個地位較高的人，他

薩福克公爵

被很多人視為應該為這些損失承擔責任。他的一些政敵表示，他想要讓自己的兒子當國王，還有很多人將他稱為叛國者。

為了保護自己的兒子免於許多憤怒暴徒的侵擾，國王將他驅逐出英國。在離開英國之前，公爵給自己的兒子寫了這封信。這封信讓我們對外界所說的許多有關他的殘忍事情產生了質疑，讓我們相信他的忠誠與善意。

我親愛的唯一兒子，我懇求天父，世界的造物主能夠保佑你，讓你感受到上帝賜給的愛意。

你除了要信仰上帝之外，還要在心底成為國王忠實的臣民，這應該在你的意志、思想與行動之上，因為國王是我們國家最高的神聖統治者。

最後，我親愛的兒子，我希望你始終能夠肩負起上帝賜給我們的責任，要尊重與熱愛女性以及你的母親，要始終聽從母親的教導與建議。

我會盡最大的努力做好父親的角色。

這封信是我親手寫的，我就是在這一天離開這片土地的。

永遠愛你的父親
薩福克
亨利四世二十八年，西元 1450 年 4 月

毋庸置疑，兒子滿懷著自豪將這封信遞給自己的母親閱讀。當她給兒子解釋他那位正直的父親寫的長篇大論的意思時，他肯定覺得很高興。他們還不知道這就是薩福克公爵寄來的最後一封信。他乘船前往法國的加來港口，但卻在旅程的終點被敵人抓住了，最後被殘忍地殺害了。

 薩福克公爵

■ 亨利·西德尼爵士

Sir Henry Sidney，西元 1529 ～ 1586 年，英國政治家、王室成員，伊莉莎白一世時期任愛爾蘭的攝政王。

菲利普·西德尼與羅伯特·西德尼的父親給他們的信件

在幾個世紀前出版的一本舊書裡有這些古老的信件，信件上有這些內容：

「亨利·西德尼給他的兒子菲利普·西德尼的信件，地點是什魯斯伯里，時間是西元 1566 年。這是伊莉莎白女王在位的第九年。當時，菲利普還只有十二歲。」

也許，這有助於我們了解這些信件的作者以及童年時期的菲利普。但是，想要了解什魯斯伯里的學校，這座菲利普學習過的學校以及父親對他的巨大期望，我們就必須要閱讀這些信件。

亨利爵士在信件裡提出了許多很好的建議。在閱讀了他寫的長信的一部分內容之後，我們就會有這樣的感覺。在十六世紀的時候，對於一個養育十二個孩子的父親來說，這樣的期望其實是蠻高的。

我收到了你寄來的兩封信，一封信是用拉丁文寫的，另一封信是用法文寫的。我只能給你一定的幫助，但是最終還是要看你自己的努力。因為你要從事什麼樣的職業，做什麼樣的人，這完全是取決於你自己。因為這是我寫給你的第一封信，因此不會跟你說一些假大空的建議。

你要吃但不過飽。就你現在的階段，吃肉能讓你的精神更好，而不會顯得那麼沉悶，你的身體也會更有活力，而不會出現體重過胖的情況，你要經常鍛鍊身體，但也不要運動過度，傷害自己的關節與骨骼。運動能夠增強你的身體能量，增強你的呼吸能力。

你要努力培養愉悅的性情，因為你是我的兒子。如果你覺得自己缺乏愉悅的性情，就會感覺諸事不順。當你感到愉悅的時候，就幾乎能做任何事情。

最重要的是，你不要說謊，任何時候都不行，即便是在一些小事情上，也不能說謊。習慣性的說謊會讓人變得玩世不恭。千萬不要讓自己沉浸於謊言帶來的滿足感，因為別人會信以為真。之後，這樣的謊言就會讓你感到自身的恥辱。因為沒有比被人稱為騙子更加傷害一位紳士的名聲了。

我親愛的菲利普，跟你說這麼多就行了，我非常關心你在那邊的學習生活。但是，如果我能找到一些容易消化的食物，好讓你才脆弱的腸胃能夠正常消化的話，我肯定會幫助

你的，讓你成長為一個更加強壯的人。

你要始終保持對上帝的敬畏之心。

永遠愛你的父親

亨利爵士較小的兒子羅伯特在西元 1578 年上學的時候，也經常收到父親的來信。這些信件以及其他的信件都是在這個時期寫的，然後派一個專人去寄送。因為英國直到 1581 年才有了真正意義上的郵局。

附注：英國的郵政系統大約是在十五世紀才開始創立的。在這之前，信件都是由跑步者、信鴿或者順路的旅人寄送的。新設立的郵政制度被認為是一種巨大的進步。很多騎在馬背上的人都在固定的驛站裡收發信件，在一天的時間內按照固定的排程去傳送信件。這些道路被稱為驛道，這些驛道通常都要比其他道路保養的更好一些，因為信件不能因為道路的狀況而耽擱。

這些信件是透過一位信使的手中傳到另一位信使手中，直到最後送到收信人的手中。現在我們使用的郵務士、信箱、郵局以及郵寄卡都是那個時候用來傳送信件的工具。

羅賓，你在九月十七號以及十一月九號寄過來的幾封信我收到了，但是送來這封信的人卡洛勒斯·克盧修斯則是我之前從沒見過的。讀了你的信件，我感到非常高興。事實證

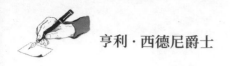

明，你是我最心疼的一個兒子。世間的任何景象都無法與收到你的來信或者見到你，更讓我感到高興了。

我從哈利·懷特那裡得知，你的錢全部用完了，這讓我感到有點不快。如果你不能照著我給你的錢去控制自己的花銷，那麼我就只能將你送回家了。我已經派了蘭克特給你送去一百英鎊，這要比我之前承諾給你的八十英鎊多出了二十英鎊。我想這筆錢應該足夠你到西元 1580 年 3 月左右的生活開銷了。

你要明白，在此期間，我不會再給你任何錢，因此，你要省著點花。你記得每個月都要給我回信，講一下你的錢具體都花在什麼地方去了，你可以用拉丁文或者法文給我寫信。

我先寫到這裡了。如果你謹遵我的教導，你一定會成為一個乖孩子的。

> 寫於西元 1678 年 3 月 25 日，貝納德城堡
> 永遠愛你的父親

幾年之後，上面這封信裡提到的「羅賓」雖然才剛滿十九歲，但已經成為了萊賈斯特的伯爵了，他指揮這一支遠征軍對抗西班牙軍隊。他的哥哥菲利普·西德尼爵士在與敵軍交戰的時候死於戰場上。

有關菲利普‧西德尼的一個故事是這樣的：當他深受重傷的時候，希望別人能給他一點水喝。當他將水瓶放在嘴唇邊的時候，他突然看到了一位垂死的士兵露出的渴望的眼神。於是，他就將水瓶遞給了這位士兵，說：「你比我更需要喝水。」

　　可以說，菲利普‧西德尼以其善良的品格與罕見的天才，成為了那個時代英國民眾最愛戴的人物。他的一位崇拜者曾這樣評價他：「他更加接近一個完美之人的層次，相比起任何時代任何國家的所有人來說，他更加接近一個真正意義上、完美的騎士形象。」

 亨利・西德尼爵士

■ 漢斯‧克里斯汀‧安徒生

Hans Christian Andersen，西元 1805 ～ 1875 年，丹麥作家、詩人，因為其童話作品而聞名於世，其中最著名的童話故事包括《白雪公主》、《拇指姑娘》、《賣火柴的小女孩》、《醜小鴨》和《國王的新衣》等。安徒生生前獲得皇家致敬，被高度讚揚為給予全歐洲的一代孩子帶來了歡樂。他的作品被翻譯為 150 多種語言，成千上萬冊童話書在全球陸續發行出版。他的童話故事還激發了大量電影，舞臺劇，芭蕾舞劇以及電影動畫的創作。

西元 1805 年 4 月 2 日，安徒生出生在丹麥歐登塞。母親長父親幾歲，名安娜‧瑪麗亞（Anne Marie Andersdatter），是洗衣婦。一家人住在一間窄小的房子裡。父親雖沒機會受到教育但卻酷愛文學，經常為安徒生念故事，熟悉丹麥語。還有母親的鼓勵：家中的各種裝飾成了他幼年時期的小天地，他在家中搭起玩具劇場，給他的木偶做衣服，並用讀過的作品給木偶定人物角色，講作品人物用木偶戲形式再現出來。

西元 1816 年安徒生的父親逝世，家中只剩他和他母親兩個相依為命。在這一期間他在織工和裁縫那裡當過學徒，還在一家香菸工廠做過工，並且有逸聞稱那裡的

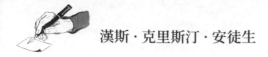

同事們戲稱他是女孩子，甚至被脫褲子檢查。1819 年的復活節，安徒生在位於丹麥菲英島北部港市歐登塞的聖克努特大教堂開始考慮他的未來。因為希望成為一名歌劇演唱家，安徒生在 1819 年的九月來到哥本哈根。由於歌聲好，他被丹麥皇家劇院雇傭；但不久後嗓子卻壞了，並且失業。起初他在劇院裡被當作一個瘋子，所以受到冷落，甚至差點餓死。

不過安徒生得到了音樂家克里斯多夫‧魏澤（Christoph Weyse）和西博尼（Siboni）的幫助，後來還得到詩人弗雷德里克‧霍格‧古德伯格（Frederik Hoegh Guldberg，西元 1771 ～ 1852）的相助。雖然歌唱家的夢想破滅，可他還是被荷蘭皇家劇院接納為舞蹈學徒。同時他開始寫作。由於後來變得懶散起來，安徒生逐漸失去了古德伯格對他的厚愛；不過這時安徒生開始得到了皇家劇院的主管喬納森‧柯林（Jonas Collin）的幫助，後來兩人成為了終身的朋友。

在納森‧柯林的介紹和說服下，國王弗雷德里克六世對這個奇怪的男孩產生了興趣，決定把安徒生送到斯萊格思（Slagelse）的文法學院深造，並支付所有費用。在啟程之前，安徒生發表了他的第一篇短篇小說：《帕納托克墳墓的鬼》（1822）。安徒生先是留在了斯萊格思，

後來又去了位於赫爾辛基的另一所學校，一直上到 1827 年。他在學校中仍然表現得怪異、不合群，老師也常責罵他。安徒生後來將這些年描述為他生命中最黑暗和痛苦的時期。最後，柯林終於讓他畢業了。之後，安徒生去了哥本哈根。

安徒生最初的童話創作嘗試始於他對兒時聽過的故事的改寫。透過創作一系列大膽而新穎的童話，安徒生將這類作品提升到了新的高度。不過這些童話一開始並沒有得到廣泛的認可。

西元 1835 年，享譽世界的《講給孩子們聽的故事》的第一冊在哥本哈根出版，之後的 1836 年和 1837 年又有更多的故事發表了出來，最終組成第一卷，共 9 篇故事。這些故事的價值並沒有被人們立刻意識到，銷量亦非常糟糕。另一方面，安徒生的小說《奧·特》（1836）和《不過是個提琴手》（1837）反倒顯得成功，後者還收到了索倫·奧貝·克爾凱郭爾的評價，並被認為是安徒生最優秀的長篇小說。

西元 1838 年，《講給孩子們聽的故事》的第二部分問世。收錄童話《雛菊》、《勇敢的小錫兵》和《野天鵝》。安徒生的童話故事仍在陸續發表，直到 1872 年的安徒生逝世。

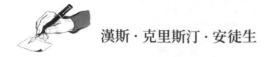

西元 1872 年春，安徒生從床上摔下並受重傷，後來一直未能完全康復。1875 年 8 月 4 日，安徒生在靠近哥本哈根一所名為 Rolighed（意為「平靜」）的房子中逝世。其遺體下葬於哥本哈根奧斯特（Assistens）墓園。

安徒生逝世時已經享譽世界。他被譽為丹麥的「國寶」，享有丹麥政府的定期津貼。在他逝世前，人們就已經開始準備為他建立起大型的雕像。這座雕像現在豎立在哥本哈根羅森堡宮花園（Kongens Have）的顯著位置。

寄給安徒生的信件以及他的回信

在他的自傳裡，漢斯‧克里斯汀‧安徒生這樣說：「我的人生可以說是一場美麗的童話故事，裡面充滿了富有與運氣。在我很小的時候，我就獨自一人生活，在這個世界上過著貧窮的生活。一個充滿力量的仙女找到了我，對我說：『選擇你的事業與目標，我會始終保護你，引領你不斷前進的。』……可以說，若是沒有這樣的指引，我的人生是不可能這麼幸福與富足的。我的人生故事將會告訴世人我的感悟，那就是仁慈的上帝始終都在為我們安排最美好的事情。」

我們很難相信這些文字的作者竟然是一位飽受苦難與失望之人，他所遭受的痛苦與挫折足以讓最勇敢的人退怯。但

是，漢斯‧克里斯汀‧安德森卻是一位「在希望上充滿訣竅」的人，他能夠憑藉自己的信心安然地度過人生的種種艱難挫折。

可以說，安徒生是白手起家的，他一開始是非常落魄的，但憑藉著自身的努力，最終贏得了世人的讚揚與榮耀。那位曾經貧窮孤單的男孩在哥本哈根的大街上漫無目的地遊蕩，只為尋找一份工作，最後卻能夠與丹麥的國王克里斯汀八世建立了私人的友情，成為了世界上家喻戶曉的人物。最讓安徒生感到欣慰的是，他創作的許多童話故事受到了世界人們的廣泛喜愛。他曾經這樣評價自己的作品：「一顆幸運星始終存在於我的創作力 —— 接著它們飛走了。」

在他七十歲生日那天，他收到了一大卷書籍，這些都是他被翻譯成了十五種語言的作品。

漢斯‧安徒生結交了很多他從來沒見過的朋友，這些朋友和他都透過書信往來進行溝通。

一天，安徒生翻開了許多案桌前堆積的信件，他看到了一封由孩子寫來的信件，上面還貼著蘇格蘭的郵票。這封信是瑪麗‧李文斯頓（Mary Livingstone）寄過來的，她是前往非洲進行探險的探險家大衛‧李文斯頓（David Livingstone）博士的女兒。她寫給安徒生的這封信非常簡單，但安徒生能夠感受到她那坦率的話語裡表露出來的誠意，很快就喜歡上了這個小女孩。

漢斯‧克里斯汀‧安徒生

多年來，他們一直在通信，這位蘇格蘭小女孩與著名的童話大王一直保持著這樣的聯繫。下面就是他們之間的信件往來。

西元 1869 年 1 月 1 日，蘇格蘭漢密爾頓烏爾拉村莊

親愛的漢斯‧安徒生：

我非常喜歡你寫的童話故事，我真的很想親自到丹麥去看看你，但我現在無法做到。於是，我就想著給你寫一封信。當爸爸從非洲回來的時候，我會要求他帶我去見見你。在你的書裡面，我最喜歡的故事就是《幸運的橡膠套鞋》、《白雪公主》以及其他的故事。我父親叫李文斯頓，我給你寄去了我的卡片與父親的親筆簽名。

我要跟你說再見了，祝你新年快樂。

永遠喜歡你的

安娜‧瑪麗‧李文斯頓

漢斯‧安徒生給瑪麗的回信現在已經找不到了，但是瑪麗接下來寄來的信件可以說明，安徒生的確是用非常友善與周到的方式去回答了她的來信。

西元 1869 年 10 月 20 日，蘇格蘭漢密爾頓烏爾拉村莊

我親愛的漢斯‧克里斯汀‧安徒生：

　　我很高興收到你的來信。當我收到你寄來的卡片，就認真地觀察了一番，我覺得自己結交了一位我從未見過面的朋友。我非常感謝你的翻譯，因為要是沒有翻譯的話，我很難看懂你的來信，我也將無法回答你向我提出的一些問題了。

　　我們兩次收到了有關父親的消息，但是這些消息都是不真實的。在上個星期五，一位認識我們的火車站站長手裡拿著一張紙過來找我們，說紙上有關我父親的消息。這是一個好消息。真的是太好了，我們都對此感到非常高興。

　　我看了你寫的《兩個海島》的故事，我覺得這個故事寫的非常好。我希望你能繼續寫出這樣好的故事。我讀過你的第一個故事是《瑪雅》與《小拇指》。

　　湯瑪斯與奧斯威爾是我的哥哥，艾格尼絲是我的妹妹，他們都一切安好。只是我的媽媽現在去世了，我現在由兩個姑姑珍妮特與艾格尼絲‧李文斯頓撫養，這就是我現在的家。這是一個非常溫馨的家。我曾經有一個祖母也叫李文斯頓，不過她現在去世了。

　　祝願你在家裡一切順利。

　　　　　　　　　　　　　　　　　永遠忠於你的
　　　　　　　　　　　　　　安娜‧瑪麗‧李文斯頓

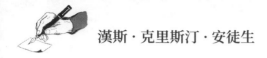
西元 1871 年 5 月，丹麥，吉爾斯科爾湖附近的巴斯納斯

我親愛的小朋友：

感謝妳在不久前給我寄來的那一封讓我感到非常有趣的來信。

在丹麥這裡，我們經常會談論妳親愛的父親以及他在非洲的探險旅程。

最近，我從新聞裡讀到，妳的父親已經離開了非洲，正準備返回英國。這對妳來說真是一個非常好的消息！這實在是太棒了！仁慈的上帝永遠都不會拋棄任何一個忠實於祂的好人，而會努力幫助這些人做出巨大的成就。妳父親的回來，會給妳們帶來巨大的歡樂，這對妳們的國家來說也可以算得上是一個節日了，因為很多英國人都在等待著他的凱旋。當妳的父親回來之後，他一定會親吻自己心愛的瑪麗，然後與妳進行交談，跟妳講述他在非洲那裡所見到的一切。到時候，妳記得要為我向妳的父親表達問候與敬意。妳父親展現出來的勇敢與無畏激勵著我們每個人。

現在，我居住在鄉村，這裡距離海岸線很近。我現在就居住在一個高塔的古老城堡上。這裡的花園沿著海岸線不斷向下延伸，穿過了山毛櫸樹叢，現在那裡顯得一片蒼翠。整個森林就像是一張鑲嵌著紫羅蘭與銀蓮花的地毯。這裡的野鴿不停地咕咕叫，也能經常聽到布穀鳥發出的歌聲。在這

裡，我當然能夠創作出一個全新的故事，我的小朋友們之後肯定會讀到這些故事的。當妳爸爸回來的時候，我應該能夠從親愛的小瑪麗這裡收到回信了吧？

現在，妳肯定感到非常高興的。妳不要忘記了妳在丹麥居住的這位朋友哦！

漢斯‧克里斯汀‧安徒生

在下面這些信件裡，我們可以了解到有關斯坦利的一些情況。勇敢的斯坦利前往非洲尋找李文斯頓博士。

也許，我們都知道了他們兩人在非洲叢林裡見面的故事。了解了這點之後，閱讀瑪麗‧李文斯頓在信件裡談到斯坦利前往她家拜訪的內容，就顯得非常有趣了。

西元 1872 年 11 月 23 日，漢密爾頓烏爾拉村莊
我最親愛的漢斯‧安徒生：

我應該早就給你寫信了，給你寄過去你曾經丟失的一塊綠色石頭，但我一直沒有時間。首先，我的弟弟因為患上了胸膜炎，身體變得非常屢弱，在過去十一個星期裡，他一直躺在床上，今天才開始下樓。接著，斯坦利就過來我們家拜訪。他與漢密爾頓地區的教務長戴克斯先生前來我們家聊天。戴克斯先生提出了要實現漢密爾頓自治市的獨立自由。我的妹妹艾格尼絲與我的一位姑姑與我都在講臺上得到了他

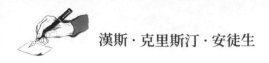
的介紹，大家都感到非常高興。

　　斯坦利先生是在下午來到我們家的，接著他就前往大廳參加宴會了。在晚上，他發表了一篇非常有趣的演說。第二天，我們帶他去看宮殿，接著他就離開了。當他離開的時候，我感到很難過。我非常喜歡他。當我在蘇格蘭愛奧那島上的時候，我們可以說就是這片領土的主人。艾格尼絲、湯瑪斯、奧斯威爾與我都為斯坦利買了一個好看的盒式掛鏈，並且將他名字的大寫首字母放在上面。掛鏈的一邊是我的父親，另一邊則是四個孩子對他們父親的讚許。我為這個掛鏈支付了十先令，此時我聽到了丹麥那裡爆發了可怕的洪水。我很願意將剩下的十先令捐給那裡的人，希望能夠幫到他們。

　　要是你有空回信的話，我非常期望能夠收到你的來信。我現在要停筆了。親愛的漢斯·安徒生先生，我永遠是忠誠於你的小朋友

安娜·瑪麗·李文斯頓

　　附注：親愛的安徒生，我非常非常愛你。

■ 多莉・麥迪遜

Dolley Madison，西元 1768 ～ 1849 年，詹姆斯・麥迪遜的妻子，其丈夫在 1809 年至 1817 年擔任美國總統一職。她以社交聞名，增強了丈夫身為總統的知名度。就這樣，她多次給扮演著總統配偶的角色下定義（後稱號為第一夫人）。

多莉・麥迪遜也幫忙裝設新建成的白宮。西元 1814 年，英國人放火燒白宮，但喬治・華盛頓的古典肖像卻被挽回，這歸功於多莉・麥迪遜。丈夫逝世後，守寡的她她經常生活貧乏，出售先夫遺物才得以減輕負擔。

多莉・麥迪遜給她在華盛頓的姪女的信件

當麥迪遜總統的夫人「多莉」麥迪遜成為了美國這片土地上的第一夫人時，她以自身的美貌與優雅的舉止聞名於世。在西元 1812 年的戰爭之後，她離開了華盛頓，以自身的勇敢聞名於世。

很多人可能都還記得這樣一個故事，那就是當生活在白宮裡的人被英國軍隊的槍炮聲喚醒的那一天。當時的總統不在白宮，而是去了某個地方與軍隊將領開討論會。此時，有

多莉・麥迪遜

人建議多莉立即離開，但是多莉並沒有考慮到個人財產方面的問題，她考慮的是整個國家的得失問題。如果敵人真的要燒掉白宮呢？她決定將一些政府檔迅速全部收集起來，然後跑到客廳的走廊，將著名畫家斯圖亞特所畫的華盛頓畫像取下來。當她發現這些東西都很難搬走的時候，她就將這些帆布切割下來，卷起來，然後將這些東西放到一個安全的地方。

在華盛頓的國務院辦公地點，我們可以看到一個紅色的皮革行李箱，這個行李箱就是裝檔的箱子。現在，華盛頓的肖像依然完好地掛在白宮的牆壁上。

麥迪遜夫人生前寫了很多有趣的信件，但遺憾的是，她很少給自己的孩子寫信。現在留存下來的只有她與姪女瑪麗・庫特斯之間的通信，這是僅存的麥迪遜夫人與年輕人的通信了。

這封信是麥迪遜夫人在蒙彼利埃寫的，這封信顯示麥迪遜夫人在安靜的鄉村生活時，對時尚與社會問題都充滿了興趣。

西元 1826 年 7 月 30 日，蒙彼利埃

我最親愛的姪女，妳的信件安然寄到了我這裡，我要給對妳表達感謝，還要給妳我的親吻。親愛的多莉（姪女也叫此

名——譯者注），我很高興看到妳掌握了寫信的技巧，並且懂得如何表達自己的想法了。我還為妳所掌握的能力感到自豪，我一直將妳當成自己的親生孩子。

我相信妳的這個夏天會跟我們在一起的，我可以親眼看看妳在各方面的成長，我希望能夠感受到妳所展現出來的美好情感。

如果我與妳在華盛頓見面的話，我勢必無法遵守正式的拜訪禮節，還是會興沖沖地奔向我的朋友。現在，我覺得還是待在家裡比較快樂一些，這裡的一切事物都是這麼美好。我們的花園即將會結出很多葡萄與無花果，如果妳的媽媽不帶著妳過來跟我一起欣賞，那我也開心不起來。告訴弟弟妹妹們他們也可以一起過來玩。

我要與妳道別了，我永遠都是愛妳的姑媽。

多莉·麥迪遜

附注：我們在這裡穿的衣服是比較過時的，妳能給我送來現在流行的袖子的紙樣，描述裙子與腰圍的寬度嗎？還有，頭巾要怎樣釘上去，要怎樣戴軟帽才比較好看呢，還有怎樣才能穿的更加時尚一些呢？

 多莉・麥迪遜

■ 亞伯拉罕・林肯

Abraham Lincoln，西元 1809 ～ 1865 年，美國第十六任總統，西元 1861 年 3 月就任，直至 1865 年 4 月遇刺身亡。林肯領導美國經歷其歷史上最為慘烈的戰爭和最為嚴重的道德、憲政和政治危機 —— 南北戰爭。經由此役，他維護聯邦的完整，廢除奴隸制，增強聯邦政府的權力，並推動經濟的現代化。也因此美國學界和大眾時常將林肯稱作是美國歷史上最偉大的總統之一。

林肯來自一個美國西部一個貧困的家庭，在伊利諾州自學成為律師，在西元 1830 年代為輝格黨領袖和州眾議員，並在西元 1840 年代在國會擔任過一任議員。他試圖透過銀行、運河、鐵路和關稅來鼓勵工廠的建設，從而推動快速現代化，並反對與墨西哥的戰爭。在 1858 年一系列廣受關注的辯論中他表示反對擴張蓄奴制的立場，並因此在參議院選舉中輸給他的宿敵，民主黨人史蒂芬・道格拉斯。1860 年，身為一個來自搖擺州的溫和派，林肯獲得共和黨的總統提名。在 1860 年的選舉中，他在南部幾乎沒有得到任何支持，但幾乎也是橫掃北部，並最終當選總統。他的當選導致美國七個南部蓄奴州決定獨立，脫離聯邦而建立美利堅聯盟國（「邦

聯」）。初期他利用勸說的態度，但在雙方在奴隸制問題上相當強硬，不存在任何讓步或和解的空間，為此林肯考慮南下攻打邦聯，統一美國並解放奴隸。

西元 1861 年 4 月 12 日，在邦聯攻擊薩姆特堡之後，美國北方終於團結起來，而林肯此時則開始著重於戰爭的軍事和政治方面問題。他試圖重新統一國家，並暫停人身保護令，不經審判逮捕並羈押了數千邊緣州的分離派嫌疑者。1861 年末，他化解了特倫特事件，從而避免了英國的介入。他運用多種複雜的政治手段，其中最為重要的是 1863 年的《解放奴隸宣言》，以及用軍隊保護脫逃奴隸，鼓勵邊緣州將奴隸制非法化，並推動國會通過了憲法第十三條修正案，徹底廢除了奴隸制。林肯密切關注戰爭進程，尤其是在軍事領袖的選擇上，這其中就包括總司令尤利西斯・格蘭特。他在戰爭策略上做出重要的決策，包括透過海軍封鎖破壞南方正常貿易、占領肯塔基和田納西，以及透過炮艦控制南方的河流。他多次試圖拿下邦聯的首都里奇蒙，而每次一個將軍失敗他便將之撤換，直至格蘭特在 1865 年終於成功。

林肯對於每個州的政治問題有深刻的了解。他向「內戰民主黨人」（支持北方）伸出援手，並在西元 1864 年美國總統選舉中成功連任。身為共和黨中的溫和派領

袖，林肯同時要面對希望對於南方更加嚴苛的激進共和
黨人，希望更多讓步的內戰民主黨人，對他充滿憎恨的
南方同情者，以及計畫刺殺他的分離主義者。在政治
上，林肯使他們內鬥，並透過言辭的力量來感染美國民
眾。1863 年的《葛底斯堡演說》成為美國堅持國家主義、
共和主義、平等權利、自由和民主的象徵性演說。對於
戰後重建，林肯保持溫和的態度，希望透過廣泛和解迅
速推動國家的統一。在邦聯總司令羅伯特‧李投降之後
第六日，林肯被當時小有名氣的演員和邦聯同情者約翰‧
威爾科室‧布斯用槍暗殺身亡。

亞伯拉罕‧林肯給一位陌生孩子的信件

這封信是在亞伯拉罕‧林肯成為總統前寫的。那個時候
距蘇木特堡淪陷只剩半年時間，林肯當時正忙於處理一些極
為重要的事情。每天，他都有很多重要的事情要處理。可以
說，他就是憑藉著「自己的大腦、心臟與雙手」拯救了自己
心愛的國家。

一天早上，堆放在案頭上的許多重要信件當中，有一封
信是一位小女孩寄過來的。

很多人會認為林肯根本在看到這樣的信件時根本沒必要

回覆，但是林肯透過回信證明了他對孩子們的熱愛。

西元 1860 年 10 月 19 日，伊利諾州斯普林菲爾德

親愛的格蕾絲·貝德爾：

　　我親愛的小姐：妳在十五號寄過來的信件我已經收到了。我非常遺憾地跟妳說，我沒有女兒，我只有三個兒子，大兒子現在十七歲，老二是九歲，老三現在是七歲。他們與他們的母親就構成了我們這個完整的家。至於我的鬍鬚，似乎從來都沒有稀疏起來。難道妳認為如果我現在才開始長鬍鬚，別人就不會講我是一個怪人嗎？

　　在林肯前往華盛頓就職總統之後，他就留了鬍鬚，也許他的確是聽從了那個小女孩的建議。

■ 班傑明・富蘭克林

Benjamin Franklin，西元 1706 ～ 1790 年，出生於美國麻薩諸塞州波士頓市，美國著名政治家、科學家，同時亦是出版商、印刷商、記者、作家、慈善家；更是傑出的外交家及發明家。他是美國革命時期重要的領導人，參與多項重要文件的草擬，並曾出任美國駐法國大使，成功贏得法國對美國獨立革命的支持，同時被視為美國國父之一。班傑明・富蘭克林曾經進行多項關於電的實驗，並且發明避雷針。班傑明・富蘭克林曾被選為英國皇家學會院士。

富蘭克林強調：唯有當人民是貞潔的，新共和國才可能生存。他的一生便在探索公民角色與個人美德之間的關係，更是一位終生學習者，他在自傳中寫道：「星期天是我學習的日子，而且我未曾懷疑過，就像神的存在 ── 祂創造了這個世界，並以祂的遠見來治理，最令人接受的服務，便是對人類做些有益的事；我們的靈魂是不朽的，不論現在或未來，所有的罪犯都將受到懲處，而堅貞的美德都將受到讚賞。」

班傑明・富蘭克林給他女兒薩利的信件

「我親愛的薩利，我無數次希望妳能與我在一起。妳的雙手雙腳都很伶俐，能夠隨時幫到我一些事情。」班傑明・富蘭克林某天在寫給妻子的信件裡這樣寫道。顯然，薩利是富蘭克林最喜歡的女兒，因為他經常給薩利寫信。

富蘭克林在國外處理一些重要事情的時候，都經常會以有趣的方式表達自己對薩利的想念之情。他經常將一些實用且好看的東西寄回家，通常都會在盒子外面特別標記著這是屬於他的女兒薩利的。

一次，富蘭克林在將一個盒子寄回家的時候，這樣寫道：

我親愛的薩利，我將一件錦緞編織成的長裙寄給妳了，盒子裡面還有二十四雙手套，四個裝著薰衣草香水的瓶子，還有兩個小卷軸。這些卷軸是用來幫妳纏繞絲線或者衫線的時候用的。要是妳雙手一起操作的話，那麼妳就能夠做出很好看的衣服。

也許，身為父親的富蘭克林擔心這件太好看的襯裙會讓薩利高興地暈頭轉向，於是他用更加嚴肅的口吻這樣寫道：

我希望薩利能夠認真地學習法語與音樂，我發現她最近在這方面已經有所掌握了。薩利寫給她的哥哥的上一封信，是我看到的她寫過的最好的一封信。我只是希望她能夠更加

注意在信件中的拼寫。我希望她對繼續前往教堂禮拜充滿興趣，希望她能夠繼續閱讀《男人的全部責任》與《女士的圖書館》。

在富蘭克林寫給薩利的一封信裡，我們可以從中節選出一段。有趣的是，節選出來的這一段顯示了他曾認真思考過我們國家的國徽老鷹，因為辛辛那提的社團在西元 1783 年決定第一次使用這個徽章。

就我看來，我認為我們的國家沒有選擇一個正確的國徽。我認為禿鷹是一種具有不良道德品格的鳥類，這種鳥從來沒有過上勤奮誠實的生活。妳可以看到禿鷹在某一棵乾枯的樹上停留，因為懶惰而不願意去自己捕魚吃。牠總是觀察著魚鷹的捕魚情況，當勤奮的魚鷹最後將魚帶回到自己的巢穴裡，準備撫養自己的配偶與孩子的時候，禿鷹就會迅速趕過來，直接將食物搶走。

禿鷹做出這樣不公平的事情，絕對不是一個很好的榜樣。禿鷹就像是很多那些整天想著搶劫發財的人，這樣的人都是非常可悲的。除此之外，禿鷹還是一種懦弱的鳥，因為有一種蜂王鳥的體型沒有麻雀大，竟然勇敢地對牠發動襲擊，最後還將牠趕跑了。因此，我覺得禿鷹絕對不是美國辛辛那提人民的象徵，因為辛辛那提人們是勇敢與誠實的，他們能夠將所有侵略這個國家的敵人全部趕走。

班傑明・富蘭克林

■ 西莉亞‧薩克斯特

Celia Thaxter，西元 1835 ～ 1894 年，出生於美國新罕布什爾州的朴茨茅斯市，美國詩人、作家。因父親在新罕布什爾州以西七英里的阿普爾多爾島創辦了阿普爾多爾酒店（Appledore House）結識了當時眾多美國文學界和藝術界的名人，薩克斯特自己也將酒店前後修建的跟花園一般，景色非常美麗，後大家都叫它「西莉亞‧薩克斯特花園」，美國作家拉爾夫‧愛默生、納撒尼爾‧霍桑、亨利‧朗費羅、約翰‧惠蒂爾、薩拉‧朱伊特；畫家威廉‧亨特、蔡爾德‧哈薩姆、愛琳‧羅賓斯等，都是小島的常客，逐漸形成了一個美國的藝術家文化圈，而她本人也是自然主義者，一生都在宣揚自然和美好事物。代表作：《西莉亞‧薩克斯特書信集》、《小島花園》、《善良的種子》、《給孩子們的詩歌》、《西莉亞‧薩克斯特詩集》、《大海的歌者》等。

西莉亞‧薩克斯特所寫的信件

「我所夢想到的一切畫面都是設定在大海的框架裡面的。」西莉亞‧薩克斯特這樣描寫她居住了多年的一座小島。

　　她從小就生活在這座小島上。當她可以在大陸的田野、森林以及陡峭的岩石上中間自由選擇時，她選擇了生活在「深海的附近」。

　　西莉亞‧薩克斯特的童年是非常幸福的。她過著小公主一樣的生活，脖子上掛著用貝殼做成的項鍊與手鐲，她幾乎與每一種在島上認識的有生命的動物都成為了朋友。

　　她說：「我還記得在春天的時候，我彎下腰在地面上尋找第一根從地面上冒出來的青草，然後將這根草從地面上拔出來，拿回家裡認真地研究。對我而言，這要比擁有一個全是玩具的商店更好玩。這些青草的顏色是從哪裡來的呢？它們又是怎樣從棕黃色的泥土、清新的空氣或者猛烈的陽光裡得到如此美麗的顏色呢？之後，一株很小的藍繁縷吸引了我的目光。這看上去不僅僅是一朵花，更像是一個實實在在的人。我知道它有一個更為普通的名字 ──『窮人的晴雨表』。這種植物真的是要比人更能判斷天氣的狀況，因為當天空沒有一絲雲的時候，它就會輕輕地將柔軟的紅色花瓣聚合起來，要是在下雨的時候，它就會展開金黃色的花蕊。這種花朵到底是怎麼知道這麼多的呢？」

　　西莉亞‧薩克斯特對自然的愛意並不單純是一種幼稚的情感，而是她持續了一生的追求。

　　薩克斯特在她的記憶裡，儲存了許多這樣「充滿聲音與

美好視覺的財富」。當她開始寫作的時候，她就知道如何教導別人去觀察自然的美感與聆聽自然的美妙音樂。因此，她寫出的「這裡到處都是美麗的花朵與小鳥的歌聲，到處都充滿著美感與芳香」的詩歌時，其實只是在將自己內心的感受完全表達出來而已。她的許多信件都同樣散發出這樣充滿愛意的精神。

我親愛的小南：

　　某天，要是妳有空的話，妳是否想要到河邊走一走，帶上一張紙或者其他的東西收集一些風信子的種子呢？如果妳想這樣做的話，我肯定會感到非常高興的，因為我希望這些風信子的種子能夠在這裡慢慢長大。我希望這些種子能在河邊長大，也能在妳們那裡漸漸長大。我擔心這些植物的根系從紐伯里波特那邊帶過來之後，在這裡很可能會無法存活。如果我找到了一些種子的話，我打算在這個秋天種下來，希望它們在明年春天的時候會生根發芽。

　　我們有一個可愛的孩子名叫理查，有一個可愛的女孩名叫梅·丹娜還有他們的母親。這個孩子出生在猶他州，然後乘坐著救護車一直沿著穿過了洛磯山脈的道路，來到了馬薩諸薩州，他們一路上穿過了廣闊的平原。到八月分的時候，這個孩子才剛剛出生了五個月。

　　一天晚上，天空突然出現了一場可怕的暴風雨（每天晚上，他們自己都會搭建一個帳篷），傾盤大雨與呼呼的大風非常嚇人，他們不得不收起帳篷，衣服都完全溼透了，所有的床都溼透了，他們所擁有的所有東西幾乎都溼透了。接著，他們只能忍受著無情的風雨帶給他們的打擊，暴風雨直到第二天早上時分才停下來，他們當時沒有任何乾燥的碎布可以裹在身上，也沒有一個乾燥的地方可以先讓嬰兒休息一下。巨大的冰雹不斷地落下來，打在他們身上，直到嬰兒最後因為疼痛哇哇地哭了起來。這是不是太殘忍了呢？試想一下年幼的安森從小就接受這樣殘酷的洗禮。但總的來說，這段旅程是非常快樂與愉悅的，他們一路上在遊玩，因為路邊長著許多好看的花朵、馬鞭草、矮牽牛花、劍蘭還有馬齒筧屬類植物，這些都是建一個美麗的花園所需要的植物與花朵，這些植物與花朵在野生環境下不斷成長，這裡還有各式各樣的仙人掌。

　　但是，可憐的小理查與梅更加喜歡木屋，而不願意居住在帳篷裡，他們更想要與自己的表弟表妹們玩耍，也不願意一路上與驢子或者一群成年人玩耍。他們不願意每天都忍受著陽光與雨水的侵襲。

　　親愛的小南，記得給我寫信。如果可能的話，記得給我寄來一些風信子的種子。

下面這封信是薩克斯特幾年之後寫給小南的哥哥安森的。

我親愛的安森：

　　你知道嗎？在一個有很多男孩的家庭裡，製作布丁的速度需要多快嗎？你知道一個家庭的母親需要縫補多少條舊褲子與舊襯衫嗎？因此，我希望你能夠心懷仁慈——我一直非常喜歡你，就像我非常喜歡寫一卷書一樣。親愛的，你喜歡這個美麗的天氣嗎？這裡炎熱的夏日是不是很美啊？這裡的巴爾地摩金鶯、麻雀、貓雀、畫眉以及蜂鳥是不是很好看啊？

　　我們遭遇了一場大風，這裡的大風就像是沙漠裡突然刮起了一陣颶風。這裡的天氣非常炎熱，夏日的白天非常漫長。幾隻吱吱喳喳的麻雀，已經在我西邊房子窗戶邊的櫻桃樹上建造了屬於自己的好看巢穴，我伸手就能摸到。當我坐在這裡縫補衣服的時候，我只能看著牠飛走又飛回來，牠發出的歌聲要比我唱的歌更加好聽。這場荒謬的大風一直吹過來，直到羊群都回到羊棚裡。這場大風持續了整個晚上，似乎這場大風的唯一目的就是要以這樣的方式，摧毀一切具有生命力的物體。這場大風將麻雀的巢穴都吹走了，裡面的藍色鳥蛋都被吹走了。第二天，我們在樹籬裡找到了那個巢穴殘留的部分。一隻好看的紫色燕雀的巢穴也面臨著相同的

命運。這隻燕雀之前在柵欄旁邊的一株雪松樹邊搭建了一個巢穴。我對此感到非常遺憾。很多這樣的巢穴都被大風破壞掉了。我希望巴爾地摩金鶯在榆樹上的巢穴能夠安然無恙。要是無情的大風吹襲紐伯里波特的話，我想也會出現同樣的後果。那些黃色的小鳥是否在醋栗樹上搭建了巢穴呢？我真的很想知道！就在我離開你的那一天，我前往埃姆斯伯裡，那裡有一隻紅色鳥嘴的蜂鳥，整天在惠蒂爾先生的梨樹上盤旋。我在想這隻蜂鳥是否就是那天下午你與你媽媽看到的那隻蜂鳥，就是那一隻飛來飛去的、在敞開窗戶邊停留的蜂鳥。

薩克斯特先生（西莉亞·薩克斯特的父親 —— 譯者注）與洛尼離開這裡已經有三天時間了，我負責擠羊奶，這隻羊被拴在一棵蘋果樹上。你認為這隻羊在做什麼呢？牠就像是小貓咪那樣活潑。因此，在我擠奶的時候，牠一直在沿著果樹不斷地轉圈，而我只能跟著牠轉圈。這樣的奇觀足以讓小小貓咪無地自容。這個場景實在是太荒謬了。

我剛剛與做家事的「巨龍」進行了搏鬥，最後成功地將「牠」擊敗了。

■ 埃德溫‧布斯

Edwin Booth，西元 1833 ～ 1893 年，出生於美國馬里蘭州的貝賴爾市，19 世紀美國著名演員，因飾演莎士比亞戲劇中的角色而遊遍美國和歐洲國家首都，1869 年，他在紐約創建了「布斯劇院」，布斯因在莎士比亞戲劇中成功塑造哈姆雷特，被戲劇史學家認為是 19 世紀最偉大的演員之一。另一方面，布斯當時無人不曉，還因為其弟弟約翰‧布斯，是刺殺林肯總統的凶手。

埃德溫‧布斯給他女兒的信

閱讀著名演員埃德溫‧布斯的報導或者聽別人對他的評價是一回事，但是了解他將舞臺戲服脫掉之後，給他的女兒寫的信則是另一回事。要是我們去閱讀他寫給女兒的信件，就能對此有所了解。

埃德溫娜很小的時候就被送去上學了，她的父親因為工作原因很少時間在家。在她的母親去世之後，家裡可以說沒有人照顧她。

布斯經常給女兒寫信。有時，他會在信件裡以認真嚴肅

的口吻談到自己女兒的學習、舉止、健康等情況，但一般來說，他的信件都是充滿樂趣的。當一個小女孩遠離家的時候，這樣的信件也正是她想要收到的。埃德溫娜將一些父親寄來的信件保存了下來，現在依然能夠給我們帶來一些樂趣，這實在是一件非常美好的事情。

西元 1867 年 10 月 24 日，費城
我親愛的女兒：

我會盡力將信件的內容寫的比較通俗，好讓妳能夠看得明白。但是，妳也知道妳的老爸每天都處於緊張的工作狀態，有忙不完的事情，因此他很久沒有執筆寫字了，擔心自己寫的不是很好。妳看到了角落頂端掛著的那幅圖畫嗎？這是一本妳的老師將會向妳描述的論文專著。如果妳詢問她這是什麼意思，那麼我想妳的老師肯定能比我更好地向妳解釋清楚。這是由我名字的兩個大寫字母 E 與 B 組成的。我敢說妳也知道這兩個字母代表著什麼意思吧！要是妳想要這樣做的話，也是可以的。三週之後，我們將會來到紐約，那個時候也快要到耶誕節了。我想那時候我的埃德溫娜也可以回家過節了，能與我一道好好地吃上一個李子布丁了。

妳要努力掌握寫一封長信的技巧，妳可以在老師或者其他人的幫助下這樣去做。妳必須要學會如何正確地拼寫單

字，還要掌握寫信的技巧。只有這樣，妳才能寫出一封合格的信件。我親愛的女兒，願上帝保佑妳！

永遠愛妳的父親

西元 1873 年，3 月 2 日，芝加哥

我親愛的大女兒：

　　妳的上一封信非常有趣，讓我獲得了極大的快樂。皮戈（那條狗的名字）正在狂吠著，想要給妳寫信，而妳的小兄弟—— 那隻名叫聖瓦倫丁的小鳥也想要給妳寫信。但是我擔心牠們可能又要等上一個星期了，因為妳也知道，我必須要代替牠們執筆。我今天寫了很多封信，現在雙手都感覺有點累了。有時，難道妳不覺得收到一封有趣的信件要比去聆聽一場有關良好舉止的嚴肅布道演說更好一些嗎？這是因為想要鼓勵妳從小就要培養幽默的特質，這樣的特質無論在文字還是在對話中都是非常有用的。我不願意像過去那些古板的父親那樣，整天板著臉面對妳們。

　　當我過去在學習如何表演悲劇的時候，我經常都要首先表演喜劇方面的部分，從而獲得一定程度的自在感，否則我在表演悲劇的時候就會顯得不自然。因此，妳也要在妳的寫信、談話以及整個人的氣質方面都要表現的自然、從容與優雅，這點是非常重要的。但是，妳要記住，所謂的自尊並不

包括過分的驕傲與頑固。自我尊重、禮貌以及友善地對待任何人，這樣的特質將能夠讓妳獲得足夠多的自尊。

好了，我感覺自己已經漸漸陷入了要給妳發表布道演說的「陷阱」了。我想我只能讓皮戈與那隻小鳥有這樣的機會，否則我只能在這封信的結尾處再跟妳嘮叨一些大道理。妳一定要告訴我妳正在閱讀什麼內容，告訴妳想要在學習中怎樣去實現進步，以及妳該怎樣做才能做到更好。當然，在這些方面上，我對妳是完全有信心的。

妳的這個古板的父親給妳發去無限的愛意與親吻。

在這封信的上方，布斯畫了一隻很小的金絲雀。

西元 1874 年 2 月 14 日，情人節

吱喳吱喳，你好嗎？也許，你不知道我是誰。我叫瓦：我的父親叫我的小名緹娜，因為我現在的確是還小。我是一隻小小鳥。我身上的羽毛是黃色的，上面還散落著幾個黑色的點。我忘記了自己身在哪裡，因為我這裡沒有鏡子，但是我聽到人們說我身上有黑色的點。我還聽說了太陽也是黃色的，到底是不是這樣啊？我擁有你從未見過的最好的種子！爸爸剛剛對著我吹口哨了。吱喳吱喳，我是一隻歡樂的小鳥，我的名字叫做聖瓦倫丁。也許，你不知道我是你的哥哥吧？是的，我就是你的哥哥，而皮戈則是我的另一個姐姐，

你也是啊！我不是很喜歡皮戈，她是一隻狗，經常會對著我咆哮，用牠的後腿將我叫醒，最後還認為牠跟我很相像，因為牠的全身都有黑色的點，牠的腿有一些難看的黃點。但是，牠卻沒有，牠只是一條狗，而我則是一隻小鳥。吱喳吱喳吱喳。

再見了。

西元 1876 年 3 月 12 日，路易斯維爾

我必須要跟你說一下我們在一個龐大的洞穴遊玩的經歷，這個洞穴可以說就是「地面上一個巨大的洞」。我最好還是講一下我在洞穴裡面聽到的一些有趣的事情，描述一下我們在森林裡跳過石頭時的那種感覺。我們的導遊是一位年輕帥氣的年輕黑人，他能夠發出類似狗、羊群等動物的聲音，他甚至還能夠在我們穿越洞穴的時候發出一些聲音，這些聲音都是他透過腹語來完成的。在向我們指明了一塊類似於棺材的巨大石頭之後，他這樣說：「這就是一個巨大的棺材！」接著，他帶著我們來到了破爛的另一邊，說：「這就是他嘔吐出來的東西。」接著，我們來到一些當地人稱之為「祭臺」的地方。在過去，一些愚昧的人就是在這裡舉行結婚儀式的。「當時的年輕女士發誓，她絕對不會嫁給這個地球上的任何其他人，當然是除了她的丈夫之外的」。接著，這位導遊大聲地說：「嗨，約翰！」我們能夠聽到回音，這樣的回音似

乎是在很遠很遠的地方傳過來的。接著，他與同事一起敲擊
地面，我們能夠聽到很大的一陣回音，似乎下面完全是空心
的。但是當我們每個人都這樣進行嘗試的時候，卻沒有聽到
任何聲音。導遊最後表示，他就是造成這一切的因果。我們
在洞穴裡時常會發現許多不同的密室，這些密室都是直接從
地下面冒出來的，然後與上面的許多石頭連接起來，從地板
到頂部形成一個堅固的支柱。這就被我們稱之為「石筍」，我
們的導遊威廉（整個遊玩的過程都顯得非常嚴肅）對我們說：
「這些之所以被稱為石筍，是因為年數較老的石頭一般在下
方，而上方的石筍都是比較年輕的。」這個導遊真的是非常
幽默！這些石筍形成的柱狀就像是一張胖嘟嘟的餃子臉上長
著各種瘤，其名字就叫「羅特的妻子」。威廉說：「這個妻子
對這樣的稱呼一直都沒有生氣。」我們都對他這樣充滿冷幽默
的笑話哈哈大笑起來……你千萬不要因為自己現在掌握的知識
不足而感到沮喪，因為隨著你慢慢成長，就能夠掌握更多知
識了。最後，你就能放棄對人生許多謎團的猜想，不再想像
著自己能夠長壽了。我只是剛剛發現一點，那就是我所知道
的知識不過是滄海一粟，根本就是微不足道的。因此，幾乎
所有四十來歲的人都會有這樣的感覺，如果他們沒有這樣的
感覺，那麼他們就是傻瓜。我們都必須要好好生活，努力學
習，要麼為了面子要麼為了麵包（在這裡使用麵包一詞純粹是

為了押韻）。你知道我多年來都在扮演哈姆雷特，次數估計也有上百次之多了。我也是剛剛才發現這背後所隱藏的深邃思想：當你活到了三百六十五歲的時候，你就會放棄猜想「這到底是怎麼回事」的問題了。因為當你生病的時候，你是很難保持耐心的。為什麼不是所有的病人都生病的，還有就是所有的生病的人都不被稱為病人呢？

西元 1875 年 2 月 14 日，巴爾地摩
我最最親愛的女兒，

這是屬於韻律狂的一個季節。

因此，我找到了一個足夠的理由

支撐我為妳寫幾行詩。

那些所謂「高冷」的人不會認為這是背叛

當然這也不是他們的錯。

如果爸爸玩的是「情人節遊戲」，

這一切就不算。

我不會一下子就去做狂想曲詩歌，

用旋風的方式去整理妳的麵條，

幫妳定製屬於妳的「漂亮珠寶」

但這就像是一個普普通通的「平凡人」。

埃德溫‧布斯

我要説，我愛我的小女兒，

這一切與韻律學沒有任何關係，

也與任何的打油詩沒有關係。

因為誰也看不到這樣的文字，

（雖然我這些文字寫的很粗糙）。

但我卻從沒有嘲笑過別人，

雖然他們可能嘲笑我不注意韻律，

好了，讓他們嘲笑吧！他們開心就好吧！

我的小女兒永遠都是屬於我的，

我將會成為妳的「老情人」。

■ 羅伯特・E・李

Robert E. Lee，西元 1807 ～ 1870 年，又常簡稱為李將軍，出生於美國維吉尼亞州威斯特摩蘭縣的斯特拉特福莊園，美國著名軍事將領、教育家，為南北戰爭期間聯盟國（南軍）最出色的將軍。他在 1825 年入學美國西點軍校，並於 1829 年在 46 名同學中以第二名的成績畢業。不僅在校成績頂尖，他同時也是該校第一個（至目前為止也是唯一的一個）無缺點紀錄的畢業生。他最終以總司令的身分指揮聯盟國軍隊。如同漢尼拔之戰的漢尼拔・巴卡（Hannibal Barca）與第二次世界大戰的埃爾溫・隆美爾（Erwin Rommel）一樣，其以寡擊眾以少勝多但最終不敵的情勢為他贏得長久的名聲。戰後，他積極推動重建，在其生命的最後數年成為維吉尼亞州列克星敦華盛頓學院（今華盛頓與李大學）校長。在超過五年的任期中他將華盛頓學院由一所不知名的小學校轉變成美國第一所提供商業、新聞與西班牙語課程的大學。他立下全面性，令人摒息的榮譽觀念 —— 我們只有一條校訓，就是每一個學生都是紳士（We have but one rule, and it is that every student is a gentleman）。

李將軍給他女兒們的信

　　羅伯特‧E‧李將軍從西點軍校畢業之前就已經是一位士兵了。可以說，他天生就是一名士兵。顯然，他從自己的父親那裡繼承了對軍事生活的熱愛，他的父親也是美國獨立戰爭期間的一位著名將領，當時被稱為「輕騎將領哈里」。

　　李將軍的家族可以說始終具有英勇的特質，這樣的特質在羅伯特‧李身上得到了極為充分的體現。他曾三次因為作戰勇敢而得到晉升。

　　李將軍有許多個兒女，他們都過著非常快樂幸福的生活。在孩子們面前，李將軍不是一位不苟言笑的士兵，而是他們最好的朋友與玩伴。他會教導孩子們要友善地對待所有的動物，他們的家裡養著許多寵物狗與寵物貓。李將軍自己喜歡的寵物就是一匹名為「旅行者」的漂亮的馬，他曾在戰爭期間騎著這匹馬。

　　墨西哥戰爭爆發後沒多久，當軍隊還駐紮在營地的時候，李將軍給他的女兒艾格尼絲寫信。李將軍在信件裡提到的安妮，正是艾格尼絲的姐姐。

西元 1848 年 2 月 12 日，墨西哥城
我親愛的小艾格尼絲：

　　收到妳的來信，發現妳的書信寫的這麼好，讓我感到

非常高興。但是，妳怎麼能說我沒有給妳寫過信呢？難道我
不是給妳與安妮寫了信嗎？我想妳可能是想我單獨給妳寫一
封信，因此，我現在就特別寫一封信給妳。我真的很想再次
見到妳可愛的臉龐，想要知道妳在學習上取得的進步。妳現
在肯定已經學習了多門學科了。我想妳很快就會成為一名哲
學家了。我們這裡也有一個可愛的小女孩，要比與我分別時
的妳更小一些，她的名字叫夏洛蒂塔，這個名字意味著夏洛
特現在還很小，她是我很喜歡的一個女孩。她的母親是一位
法國人，父親則是英國人。她長得很標緻，一雙藍色的眼
睛，長長的黑色睫毛，頭髮都全部放在背上。她不會說英
語，但是她說話的時候非常快，有時會對著我說一些法語。
上個週六，她與她的姐姐過來宮殿這邊看我，我帶她們去了
一個我之前告訴過妳的花園，為她們採摘一些花朵。之後，
我帶她們去見了這裡的總督史密斯將軍，帶著她們參觀宮殿
裡的房間，其中一些房間真的非常寬敞，裡面的牆壁掛著圖
畫，放著鏡子，還懸著枝形吊燈。其中一個房間被稱為接待
室，裡面的裝飾也是非常豪華。這裡的窗簾帷幕都是深紅色
的天鵝絨的，上面還有鍍金的修裱。房間裡的牆壁都是用深
紅色的毛毯覆蓋著。房間的天花板則是用鍍金的人物像裝飾
著，這裡的椅子都染上了一層深紅色的天鵝絨顏色。在房間
的一端，我們可以看到一個類似於皇冠寶座的東西，寶座上

面還有一頂深紅色的天鵝絨遮蓋，一頂鍍金的小冠冕則懸在上面，冠冕上雕刻著墨西哥的老鷹停留在一個鍍金的仙人掌上，老鷹的嘴裡還叼著一條蛇。墨西哥總統桑塔·安娜正是坐在這個冠冕下面的寶座上，在重要的時刻與很多人物會面。每個週六，人們都會在這裡進行禮拜。桑塔·安娜一把很大的扶手椅墊放在講臺前面，講臺的後面則是一張很小的桌子，這是我們的牧師麥卡提先生閱讀《聖經》內容、發表布道言說的地方。司格特將軍、其他的官員以及士兵都會參加這樣的禮拜，但是他們都會坐在總統下面。當我帶著夏洛蒂塔與她的妹妹伊莎貝爾看到這些場景之後，她說希望自己能夠去找自己的媽媽。於是，我就帶她離開了宮殿，她在我的臉上親了幾下，向我告別。當我看到她的時候，她總是穿的非常整潔。我希望我的小女孩們也能像她那樣保持衣服的整潔乾淨，因為我知道我無法忍受那些衣服弄得很髒的女孩子。因此，妳們必須要努力認真學習，成為一個乖孩子。還有，妳不要忘記了妳的爸爸始終在想念著妳，這樣的想念之情是我無法用言語去表達出來的。妳要好好地照顧邁爾德雷德，告訴她爸爸非常想她。我還沒有見過像她那麼聽話的孩子。記得儘快給我回信，記住父親永遠深愛著妳。

羅伯特·李

下面這封信是李將軍寫給自己最年幼的女兒邁爾德雷德的。

西元 1856 年 4 月 28 日，駐紮營
我親愛的小女兒：

　　我很高興收到妳的來信。我還不知道妳的書信竟然寫得這麼好！我想當妳越來越熟練地掌握了拼寫的方式，那麼妳就能寫出更好的信件了。米妮·斯普羅勒與我在閱讀妳的信件時都感到非常開心。我很高興知道妳的小雞很聽話。在羅波與孩子們這個夏天回家的時候，妳肯定能拿出許多雞蛋、小雞或者鴨子送給他們。妳知道妳的哥哥菲茨休（William Henry Fitzhugh Lee）的胃口很大，那些來自斯坦頓的女生可以說從來都沒有看過一隻雞。我希望妳在我身邊能夠照顧一下這裡的小雞。我用一個雞籠將這些雞帶到數百里之外的這個好地方，每天早晚都要坐在馬車上顛簸，只有在晚上的時候才會放這些小雞出來，而這些小雞則會在車頂上呱呱地叫起來。牠們在一路上下了幾顆蛋。我現在只有七隻小雞，過了一段時間，我也才得到了七個雞蛋。我在這裡沒有厚木板，因此我不得不用小樹枝做成一個較小的雞籠。我在地面上挖了四個坑，每個坑上都放著一根樹枝，坑的深度是三英尺，然後我就插入樹枝，然後再用樹葉圍起來。在這個國家，我們能看到許多爬行動物，因此我們不能讓這些家禽就在地面

上走動。圍欄的四邊與頂部都是用相同的方法做成的，整個地方都是用樹葉覆蓋起來的。這就能做成一座比較陰涼的雞籠，能夠讓牠們不被太陽晒雨水淋。但是，士兵們做的雞籠，根本就不曾考慮天是否會下雨。我曾改裝過雞籠，讓這些小雞能夠進入到一張網裡面。這些小雞會在馬匹的糞便裡吃著沒被消化掉的玉米，我有時都不願意去餵牠們，而這些小雞看上去都已經被馴化了。我在這裡沒有養貓，我在這個國家裡也沒有看到任何貓。妳在下次回信的時候，記得順便寄一隻小貓過來。印第安人也沒有養貓，因為他們養了許多狼，這些狼經常在附近徘徊，可以嚇走所有的老鼠。我之前唯一的寵物就是響尾蛇，但是這條響尾蛇已經死了。這條響尾蛇生病了，因此無法吃下青蛙，並在一天晚上死去了。我希望妳現在把花園弄得非常好看，並且非常認真地學習，專注於課業。要是妳有時間的話，記得給我寫信。

永遠愛妳的父親

羅伯特・李

西元 1857 年 3 月 22 日，德克薩斯州印第安諾拉

　　我的小寶貝，妳怎麼能說我沒有及時給妳回信呢？要是我沒有收到妳的來信，我怎麼給妳回信呢？妳說是不是？每次妳給我來信之後，我都會及時給妳回信的。在我回到聖

安東尼之後，我分別在 1 月 4 日與 2 月 13 日收到了妳們的來信，這讓我感到非常高興。妳們的信件寫的非常好，特別是第二封信寫的真棒。信件裡面的文字都寫的很工整，每個單字的拼寫都是正確的。我想再過不長的時間，妳們就能寫出極具美感的信件了。因此，妳們必須要繼續努力去進行嘗試，為此付出一定的努力。有人說，我們所寫的信件能夠很好地代表我們內心的想法。要是信件的內容是符合邏輯且表達清楚的話，那麼我們就會認為寫信的人也是具有同樣的能力。這些標準是我們衡量每個人的品格一個很好的標準。妳必須要對自己給別人留下怎樣的印象表現的小心謹慎，這樣才能給別人留下最好的印象，我希望妳們值得這樣的讚美。我對於長橋遭受破壞感到真心的遺憾。這會對很多人的經商之路造成嚴重的打擊，也會讓妳在上音樂課的時候感到諸多的不便。我很高興知道妳對音樂充滿了興趣，並在這方面取得了一些進步。我希望妳能繼續努力練習，這樣的話妳在音樂方面才能取得更大的進步。現在妳的體重有六十磅了，妳肯定已經是一個大人了！我希望我在這裡生活能夠像妳在家吃的那麼好。我真的很想見到妳啊！妳與親愛的瑪麗·查爾德就不能用一個毛氈旅行袋將行李打包好，然後前往這個科曼奇的國度嗎？我真希望妳們能夠過來。我在這裡找到了一隻很好看的貓咪，要是妳見到了這隻貓咪，那麼妳就再也不會

喜歡家裡的那隻名叫「小湯姆」的貓咪了。我之前有沒有跟妳
說過威特夫人養的那隻貓「吉姆・努克斯」已經死去了？這隻
貓是因為中風而死去的，我之前就已經預測過這樣的結果。
這隻貓在早餐的時候喝咖啡，吃奶油，午餐的時候吃一磅重
的蛋糕，晚上則是吃烏龜肉與牡蠣，下午茶的時候要吃奶油
土司，晚上的時候有時會吃墨西哥老鼠，因此最後牠中風也
是預料之中的事情。就貓的本性來說，牠們的身體根本承受
不起這麼豐盛的食物。因此，這種貓變得很胖，最後一陣身
體痙攣之後就去死去了。牠的美貌也無法拯救牠的生命。我
在聖安東尼看到一隻盛裝打扮的貓跟著大人們走路。這隻貓
的每個耳朵都有一個穿孔，每個穿孔上都掛著一個粉色與藍
色的絲帶。牠的圓臉都是一陣粉色一陣藍色的，看著就像是
一株正在成長的常青藤。這隻貓的毛髮是雪白色的，脖子上
套著一個金色的圈子，對貓咪而言這就是牠的衣領。這隻貓
的尾巴與雙腳都是有點黑色的，牠的雙眼是綠色的，走路的
步伐顯得鬼鬼祟祟的，這一切都完全像是一隻貓的行為！但
是，我在大草原上才看到了真正意義上的貓咪。在沿途的驛
站更換驢子的時候，我看到了一對法國夫婦，莫諾先生與莫
諾夫人，我與他們共同度過了一個晚上，時間是西元 1846
年，地點是德克薩斯州。之後我就加入了沃爾將軍的軍隊。
莫諾先生聳聳肩，做出鬼臉歡迎我，這是他們這個國家特有

的風俗。我看到了莫諾夫人帶著一隻看起來很嚴肅的貓咪，這隻貓的表情不苟言笑，尾巴翹的很直。這隻貓的毛髮是斑駁的灰色，這是一種體型很龐大的動物。在莫諾夫人的訓練下，牠能夠指向阿格萊伊，當我第一次見到阿格萊伊的時候，她才只有十一歲。這些貓都是屬於法國貓的品種，當紅葡萄酒倒下來的時候，牠們就會跳到桌子上舔一下。如果我能夠為這個龐大的家族騰出一個地方，我肯定會將一隻貓帶到庫伯軍營的，當然前提是莫諾女士允許我將這樣的貓咪帶到那麼荒涼的鄉村與印第安人出沒的地區。我在格蘭德河那裡放下這些野貓。這隻野貓的天性太野蠻了，其體型就像是一條狗，因此必須要用籠子關著，否則就會攻擊任何靠近牠的東西。關牠的籠子也必須要非常堅固才行，因此這樣的籠子是很沉重的，我無法帶上這樣的籠子。這隻野貓就像家裡的那隻「小湯姆」那樣對著老鼠發出聲音，當人們接近牠的時候，牠又會像老鼠那樣發出口哨聲。當瑪麗·查爾德過來的時候，記得將我的愛意傳遞給她，告訴我非常愛她。妳要做一個乖孩子，記得父親永遠深愛著妳。

羅伯特·李

 羅伯特・E・李

■ 亨利・W・朗費羅

Henry W. Longfellow，西元 1807 ～ 1882 年。美國詩人、教育家、翻譯家。出生於美國波特蘭，在波士頓坎布里奇逝世。在他辭世之際，全世界的人都視他為美國最偉大的詩人。他在英格蘭的聲譽與丁尼生齊名。人們將他的半身像安放在西敏寺的「詩人角」，在美國作家中他是第一個獲此殊榮的人。

亨利・朗費羅的父親是個律師，母親尤愛誦讀詩歌。他們養育了四男四女，亨利排行第二，其性格秉承父母的氣質。在家庭氣氛薰陶下，亨利自小喜愛詩歌和語言，後來入緬因州鮑登學院攻讀語言和文學（納撒尼爾・霍桑是其同班同學），並兩度赴歐學習法、意、德、丹麥、瑞典和荷蘭等語言，二十八歲即任哈佛大學現代語言教授。

西元 1843 年，朗費羅與法蘭西斯・阿爾普頓結婚，新娘的父親將克雷吉公寓當作結婚禮物送給他們。婚後他們育有六個孩子。朗費羅的詩歌〈孩子們的時刻〉中曾描寫過他的女兒們，她們在詩中被稱為「嚴肅的愛麗斯」、「愛笑的阿里格勒」和「金髮的伊蒂絲」。

朗費羅最重要的貢獻之一是拉近了美國文化萌芽與

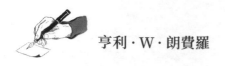
歷史悠久的歐洲文化之間的距離。他翻譯的德國、義大利、斯堪的納維亞國家的文學作品，都表現出他的詩歌特有的直率和真誠，吸引了眾多的美國讀者。

當評論界盛行嚴格的現實主義的時期，人們更多地注意到朗費羅的缺點。他被稱為「平庸的詩人」。但他恰有這樣的天賦 —— 平凡中散發光彩，音樂點綴著平凡。其詩歌的質樸和單純雖使他深受兒童及一些成年人喜愛，但也常被說成是陳腐和平庸。然而，朗費羅依然以一個有著純粹、親切、溫文爾雅風格的多才多藝的抒情詩人而獲得了不朽的聲譽。他的學術成就也令人欽敬。朗費羅對抒情詩這種詩歌形式的出色運用及他對十四行詩的精通使他廣受讚譽。

世界上第一首譯為中文的英語詩是朗費羅的〈人生頌〉。時任大清國總理各國事務衙門全權大臣的董恂曾將〈人生頌〉書於扇面，並轉交給遠在波士頓的朗費羅，此扇現收存於朗費羅故居。代表作：〈夜吟〉、〈奴役篇〉、〈伊凡吉林〉、〈海華沙之歌〉、〈基督〉、〈路畔旅舍故事〉等。

亨利‧朗費羅的幾封信件

一天，朗費羅對一位害羞的女生說：「妳的玩偶在哪裡呢？我想看看妳的玩偶，不是妳那些妳用來給別人的好看東西，而是妳每天最喜歡與之玩耍的玩偶。」

難怪孩子們在與詩人朗費羅玩耍的時候會感到非常自在開心，孩子們都非常喜歡他，因為他的心始終愛著每一個他遇到的孩子。朗費羅書房的安靜，經常被玩耍中的孩子們發出的笑聲與喊聲所打破。我們都可以肯定一點，那就是他們在「黑夜與白天」的這段時間裡，是不允許繼續這樣玩耍與打鬧的。

有時，詩人朗費羅會給朋友寫信談論有關自己的女兒，下面就是他寫給查爾斯‧蘇穆納的信件的節選。

兩個小女孩正在房間裡玩耍。一個女孩在用銅管樂器製造出許多噪音，她在亂吹一氣。而另一個女孩則是堅持要找到一些較長的紙盒，但卻始終找不到，她還說我是一個不受信任的人。

在下面這封信裡，朗費羅這樣寫道：

我的小女孩在我的書房裡跑來跑去，就像兩隻歡快的小鳥一樣。她們準備為其中一個玩偶的慶祝生日。小女兒在空閒的時候總是寫信給我，她的「信箱」就在枕頭下面，她希望

在每天早上能夠收到一封信。

在我們閱讀朗費羅寫給孩子們的信件之前，我們也許會對他在七歲的時候所寫的信件充滿興趣。

一封西元 1814 年 1 月 13 日的信件，是朗費羅的母親寫給他父親的，然後他父親出席在波士頓舉行的法庭會議，朗費羅的母親給他寄過去了這樣一封信：

哦，告訴爸爸我正在學校學習基本的字母，記得告訴我愛父親，我希望他能夠帶給我一個鼓。

對寄來的信件感到不滿意，他想要展現自己剛剛取得的成績。很快，他就透過耐心的努力，憑藉自己的雙手寫出了下面那一封信，這是他寫的第一封信 —— 之後，他還會寫很多的信件。

西元 1814 年 1 月，波特蘭
我親愛的父親：

安想要一本像貝琪那樣的《聖經》，如果妳在波士頓找到的話，可以幫她買一本嗎？我這週都在學校，得到了七分。我在週一的時候應該能夠得到一個住處。我希望妳能給我買一個鼓。

亨利·朗費羅

有趣的是，朗費羅還將自己的妹妹想要《聖經》的事情，看的比自己想要的鼓還要重要。在收到了朗費羅的來信之後，他的父親是這樣回信的：

　　我發現了一個很好看的鼓，這個鼓還畫著老鷹的圖像，但是那個人要價兩美元。現在，他們不讓任何船隻從波士頓經過波特曼了。但是，如果我能到找到任何方法可以將這個鼓送到你那裡的話，我肯定會買下來的。如果我找不到這樣的方法，那也可以給你買其他一些你同樣喜歡的禮物。我很高興你在學校表現的不錯，你肯定能夠得到一個住所的。如果我有時間的話，我會給你與斯蒂芬寫信的，和你介紹州議會會場、戲院以及波士頓其他的建築。

　　我們都希望年幼的朗費羅等這個鼓沒有等太長時間，後來，他在學校得到了自己期盼已久的住所。

　　在「孩子們的時光」裡，朗費羅這樣描述自己的三個女兒，並且談到了她們的名字：「愛麗絲顯得很嚴肅，阿勒格拉則很愛笑，而艾迪斯則是一頭金髮。」這封信讓我們知道這些小女孩在海邊度過了一個快樂的夏日假期。

寫給艾米麗的信件

西元 1859 年 8 月 18 日，納罕

　　妳的信件送到了海邊這裡，我正在與我的三個女兒在海邊度過夏日呢。最大的女兒與妳的年齡差不多。但妳也知道，小女孩的年齡每年都在變化的，我很難記住她到底是幾歲了，這需要問她的母親才知道，因為她的記性要比我的好。她的名字叫愛麗絲，這點我是絕對不會忘記的。她是一個很聽話的女孩，與妳一樣都非常喜歡詩歌。第二個女兒名叫艾迪斯，她有一雙藍色的眼睛，非常好看的金黃色頭髮，有時我甚至叫她是「淡黃色的頭髮」，這個稱呼會讓她哈哈大笑起來。她是一個很忙碌的小女生，經常穿著灰色的靴子。最年幼的女兒名叫阿勒格拉，妳知道這個名字的意思就是快樂愉悅的意思。她是我見過最讓人覺得愉悅的人了，她總是在家裡唱歌與哈哈大笑。

　　這是我的三個女兒，李德已經將她們三人畫在了同一張照片上，我希望妳有天能夠看到。他們到海邊游泳，晒太陽，還會在沙灘上挖洞，接著邁著輕快的步伐在廣場上走來走去，有時我們甚至會看到印第安人在海邊紮營，就會前去購買一些籃子或者弓箭等物品。我並沒有談到我的兩個男孩子，因為他們都是很搗蛋的孩子，所以沒有必要談及他們。

我親愛的艾米麗女士，記得將我的愛意傳遞給妳的爸爸，我在此給妳一個親吻，祝妳晚安。

朗費羅在面對很多人要求他簽名的時候，總是顯得非常慷慨友善，他一般都會寫下自己的名字與日期。一個小女孩在收到了朗費羅寄來的這幾詩之後感到特別高興。

> 她來到我面前，溫柔地
> 說出了艾迪斯的名字
> 就肯定能夠得到她想要的東西。
> 艾迪斯意味著得到祝福，
> 因此，無論她想要得到什麼
> 都能得到她想要的最好東西。

朗費羅在收到一個小男孩寄來的信件「請你寄給我來你的親筆簽名吧！」的時候，肯定是覺得非常有趣。

朗費羅下面這封信是寫給弗洛倫斯・A 的，顯然弗洛倫斯在來信裡提出的要求並不單純是朗費羅的一個親筆簽名。

給弗洛倫斯・A 的回信

西元 1871 年 11 月 20 日。

我這些天以來一直沒有給你回信，但你也知道我從來沒有忘記過要給你回信啊！我一直在思考你想要我寫出來的詩

句。但是，這些詩句並沒有從我的腦海裡冒出來，於是我就用散文的方式給你回信了，以免你還要等更長的時間。如果你問一下你那位懂得詩歌的爸爸，那麼他就會告訴你，優秀的詩歌並不總是會在一個人的大腦裡冒出來的。當然，人們可以在任何時候寫出詩篇，但是創作出真正意義上的詩歌則是另外一回事了。我認為優秀的散文要比糟糕的詩篇更好一些。我並不是說這要比糟糕的詩歌更好一些，因為當詩歌是糟糕的時候，那麼這就不是詩歌了。

因此，我只是寄了一個便簽給你，而不是一首短的詩歌，當作你生日的禮物，還有你要將我的祝福送給你的父親。

接下來的一封信也許是朗費羅寫的最後一封信，因為按照信上的日期來看，幾天之後他就去世了。

給貝斯·M 的一封信

西元 1882 年 3 與 16 日。

我親愛的貝斯小姐：

妳在生日那天寫信給我，這讓我非常感動。妳的父親也複製了一份寄來給我。妳寫的詩歌非常簡單優美，這充分證明了妳的創作能力。我不認為很多年齡像妳這麼大的女生能夠寫出這樣的詩歌。我是找不到這樣的女生了。妳還記得我

的生日，這讓我非常欣慰。妳能用這樣甜蜜的方式給我送來
祝福，這讓我內心感到深深的滿足與快樂。

亨利・W・朗費羅

■ 納撒尼爾·霍桑

Nathaniel Hawthorne，西元 1804 ～ 1864 年，美國小說家，其代表作品《紅字》為世界文學的經典之一。霍桑出生於美國麻薩諸塞州賽勒姆鎮。他的祖輩為著名的 1692 年賽勒姆驅巫案的三名法官之一。父親是個船長，在霍桑四歲的時候死於海上，霍桑在母親撫養下長大。1821 年霍桑在親戚資助下進入緬因州的鮑登學院，在學校中他與朗費羅、富蘭克林·皮爾斯成為好友。1824 年大學畢業，霍桑回到故鄉，開始寫作。完成一些短篇故事之後，他開始嘗試把自己在鮑登學院的經驗寫成小說，這就是長篇小說《范肖》，於 1828 年不署名發表，但是沒有引起注意。霍桑將沒有賣出去的小說全部付之一炬。

西元 1836 年霍桑在海關任職。1837 年他出版了兩卷本短篇小說集《重述故事》，開始正式署上自己的名字。其中《教長的黑紗》一篇最為人稱道。1841 年霍桑曾參加超驗主義者創辦的布魯克農場。1842 年 7 月 9 日與索菲亞·皮博迪（Sophia Peabody）結婚，婚姻非常美滿。兩人到麻薩諸塞州的康科特村老牧師住宅居住三年，期間霍桑完成短篇小說集《古宅青苔》（西元 1843 年）。

納撒尼爾‧霍桑

其中的短篇小說《年輕的布朗大爺》、《拉伯西尼醫生的
女兒》很受歡迎。1846 年霍桑又到海關任職。他從奧爾
科特那裡買下了康科特的威賽德，並住在那裡。他的鄰
居是作家愛默生、亨利‧大衛‧梭羅（Henry David Tho-
reau）等人。1848 年由於政見與當局不同，失去海關的
職務，之後便致力於創作活動，寫出了他最重要的長篇
小說《紅字》（西元 1850 年）。當年霍桑在野餐中偶然
遇到了居住在附近的梅爾維爾並成為好友。梅爾維爾對
霍桑的《古宅青苔》非常讚揚，並且在給霍桑的信裡提
到了自己的小說《白鯨》的寫作。愛倫‧坡也對《重述故
事》和《古宅青苔》非常感興趣，寫了很多評論。《紅字》
發表後獲得巨大成功，霍桑繼而創作了不少作品。其中
《七個尖角閣的老宅》和《福穀傳奇》。1853 年皮爾斯
就任美國總統後，霍桑被任命為駐英國利物浦的領事。
1857 年皮爾斯離任，霍桑僑居義大利，創作了另一部
討論善惡問題的長篇小說《玉石雕像》。1860 年霍桑返
回美國，在康科特定居，堅持寫作。南北戰爭爆發後的
1862 年，霍桑為了獲得第一手情況，在出版家威廉‧提
克諾的陪同下到華盛頓旅行，見到了林肯總統和很多高
層人物，寫成了《關於戰爭問題》，其中的反戰態度遭到
各界的批評。回到康科特之後，霍桑的身體每況愈下，

但仍堅持和老友皮爾斯出外旅行。1864 年 5 月 19 日霍桑
與皮爾斯結伴旅遊途中，在美國新罕布什爾州朴茨茅斯
睡夢中去世。葬於康科特的睡穀墓地。墓碑是一塊簡樸
的石頭，僅刻著他的姓氏：Hawthorne。

父母給朱利安‧霍桑與烏娜‧霍桑的信件

當一縷陽光照在霍桑的書房裡，他並沒有將讓人煩惱
的「黃金觸摸」放在一邊，而是提起筆，將這個「禮物」寫了
下來。

霍桑不僅給成年人寫信，也給孩子們寫信，很少有作家
會這樣做的。他非常喜歡孩子，與孩子們度過了許多美好的
時光。我們在他的自傳裡，就能讀到他會為孩子們製作船隻
與風箏，帶他們去釣魚與採摘花朵。在秋天的時候，他會滿
心愉悅地制定撿拾堅果的計畫。對烏娜、朱利安以及其他的
孩子來說，這是多麼有趣的事情啊！當他們站在一株龐大的
堅果樹下，雙眼看著父親在為他們採摘堅果，而霍桑也會在
採摘的過程中暗示一些神奇的事情即將發生。幾秒鐘之後，
他們就聽到了一陣樹葉發出的沙沙聲，接著就是一陣孩子們
爭奪堅果發出的混雜聲。當這樣的信號最終被他們領悟之
後，就會發現自己的父親正在樹頂的枝葉上不斷搖晃，似乎

是森林的仙女在一起玩耍，同時將很多堅果搖下來。

在快樂的一天結束之後，我們很容易想像到，這些快樂的孩子們會聚在父親身邊，聆聽父親說一些有趣的故事。

霍桑給孩子們講的許多故事，與他在書籍裡寫作的內容都是完全不同的。每天晚上，當這些孩子圍坐在火爐旁邊的時候，霍桑都有一個全新的故事跟他們說。這些孩子還不知道自己的父親其實是在進行著一場實驗。如果他的這場實驗失敗了，那麼當代的許多男孩女孩們可能就不會看到《神奇之書》與《坦格伍德故事集》了，幸運的是，霍桑的實驗並沒有失敗。

當霍桑還是孩子的時候，克瑞斯、布魯托、莫庫里或者尤利西斯等人的名字是沒沒無聞的。可以肯定的是，霍桑的父母知道這些神話故事裡的人物與情節，但是他們從未想過要將這些故事說給自己的孩子們聽，他們沒有講述傑森尋找失落的黃金艦隊的故事，也沒有講述布魯托乘坐著戰車將普洛塞爾皮娜帶走的故事。長大之後的霍桑決定將這些讓人著迷的故事講給在保健院以及教室裡的孩子們聽。他還以這樣的方式談論了下面這些故事：

「讓我感到驚訝的是，這些書籍在不久前，尚且沒有為男孩女孩們設計出一些插畫。但即便如此，一些頭髮花白的祖父也會將沾滿了灰塵的希臘書籍拿出來，當他們想要知道這

些書籍的內容到底是講什麼的時候，他們都感到一籌莫展。」

在出版了《神奇之書》之後，霍桑收到了很多孩子讀者寄來的信件，這些孩子在信件裡都催促他創作出更多的故事，這也讓他創作出了《坦格伍德故事集》。

當霍桑寫下面這封信的時候，烏娜還只有四歲。我們可以輕易地想像到她給自己的父親寄去的信件裡到底說了什麼。

西元 1848 年 6 月 7 日，薩勒姆。
我親愛的小烏娜：

收到妳寄來的信件，讓我感到非常高興。我很高興妳還沒有忘記我，因為我每天都在想念著妳。我帶了很多美麗的花朵回家，其中就包括玫瑰、罌粟花、百合花、風信子還有很多粉紅色的花朵。每當我想起我心愛的烏娜看不到這些花朵，就會感到傷心難過。妳的玩偶多莉現在就很想見到妳啊！它現在就整天坐在我的書房裡，沒有人陪它聊天啊！我想要讓它盡可能地處於一種舒適的狀態，但它的精神狀態看上去不是很好。它表現的很好。自從妳離開之後，它已經長大了許多。

（也許，我們在這裡要解釋，那就是霍桑所提到的多莉其實就是霍桑用妻子的調色盤與筆刷畫出來的畫像。他經常透

過描繪自己與孩子的臉來自娛自樂。）

　　妳的阿姨路易莎與朵拉正在為它做一件全新的長袍與全新的軟帽。我希望妳在家要做一個乖孩子，友善地對待妳的弟弟。絕對不要給媽媽搗亂，而要盡可能地幫助她。難道妳不想要儘快回家看到我嗎？我想，當妳回來的時候，我們都會感到非常高興地，因為我肯定妳會是一個乖女孩的！再見了！

　　　　　　　　　　　　　　　　　　永遠愛妳的父親

　　在接下來的一封信裡提到了朱利安，他是烏娜的弟弟。

西元 1856 年 3 月 19 日，利物浦

我最親愛的烏娜：

　　為了回答妳提出的問題，我準備寫一封信給妳，我很感謝妳寄信件過來。妳現在能夠寫出很好的內容了，朱利安與我都對此感到非常高興。當然，朱利安還不知道這些文字的意思，但我至少都會向他讀兩遍，好讓他明白其中的意思，當然第一遍是我自己看的，第二遍則是讀給他聽的。朱利安最近才認識一位名叫阿徹的博士，與他的幾個女兒熟悉了一些。阿徹博士非常喜歡自然歷史，他給了朱利安許多貝殼以及一本描述這些東西的書籍，因此，朱利安現在也開始了解越來越多貝殼方面的知識。他想要將自己所有的錢都拿去購買這些東西。

阿徹博士還向他展示了透過顯微鏡可以看到的事物，其中就包括一隻蒼蠅的翅膀。在顯微鏡底下，蒼蠅的翅膀就像鵝毛那麼大。

　　告訴羅斯布德我非常愛她，她是這個世界上最好的小女孩！她以前是否發過脾氣呢？告訴她我希望知道，她是否能夠做出像年輕女士那樣的舉止。她對身邊的保姆還友善嗎？

永遠愛妳的父親

 納撒尼爾·霍桑

■ 霍桑夫人

> Mrs. Hawthorne，西元 1809 ～ 1871 年，美國畫家、插畫家、作家。著名作家納撒尼爾·霍桑之妻。

下面這封信是霍桑夫人寫給她的兒子朱利安的，此時朱利安與他的父親住在利物浦。

西元 1885 年 10 月 26 日，里斯本

我親愛的孩子：

收到你的來信，我感到極為高興。你的來信寫的非常好，而且單字的拼寫都很正確。我肯定你跟爸爸在那邊肯定過的非常快樂吧！我覺得這有助於你更好地融入你父親的圈子裡。你必須要將自己的心事告訴父親，而不要自我封閉，這樣的話你會感到很孤獨的。你會發現父親對你的想法始終都會抱著一種寬容的態度，因為他有更多的智慧與人生經驗，這可以幫助你做出正確的判斷，做出正確的事情。我們在派特奧的時候都過得不是很開心。但在前幾天的一個晚上，我去看了一場戲劇，這是一場很好看的芭蕾舞劇，這與你們在利物浦看過的默劇《蝴蝶球》一樣有趣，但形式上卻是很不一樣。芭蕾舞劇的音樂非常棒，我彷彿覺得自己置身於

花叢當中，迎面就是柔軟的微風。這就像是一朵會說話的花朵，還有夏日的微風與小鳥的叫聲，這一切都變成了一場美妙的音樂盛宴。

再過幾天，就是里斯本大地震一百週年的日子了，那裡將會舉辦百年紀念活動。如果這裡的活動有什麼值得說的話，那麼我就會給你寫信，告訴你其中的詳情。透過房子東邊的窗戶，我可以看到深深的山谷，這個山谷似乎在吞噬著城市的一部分。現在，這座城市有很多現代的建築，在平原上有很多縱橫交錯的街道，而里斯本其他的地方則是建立在風景如畫的山丘上，走路觀看的話會感到有點疲憊。晚安啦。願上帝保佑你。

永遠愛你的媽媽

附注：當你看到自己衣服上出現了什麼汙點，記得叫別人幫你擦拭掉。

我想我之前沒有跟你說過，已故的伊曼·多娜·瑪利亞二世女王的體型太大了，根本無法放入皇家的陵寢大門之內。難道你不希望你的媽媽轉動地球儀，轉回到英國嗎？但是我不能這樣做！當你與父親都在千里之外的地方，我很難變得堅強。除非我們團聚在一起，否則我很難會感到快樂。告訴你爸爸，叫他給我送來你與他的照片。這對我來說也是一種

安慰。再見。

永遠愛你的母親

 霍桑夫人

■ 路易斯・卡羅

Lewis Carroll，西元 1832 ～ 1898 年，本名查爾斯・路特維奇・道奇森（Charles Lutwidge Dodgson），英國作家、數學家、邏輯學家、攝影家。以兒童文學作品《愛麗絲夢遊仙境》與其續集《愛麗絲鏡中奇遇》而聞名於世。卡羅早年受教於家中，他被保存在家族檔案館裡的「閱讀列表」證明了他是一個擁有著極高智慧的人——例如他在七歲時便開始閱讀《天路歷程》。與家裡的其他幾位兄弟姐妹一樣，他有著口吃。當他 12 歲時，他被送到了位於里奇蒙市的里奇蒙文法學校。1846 年，年輕的卡羅被送到了拉個比公學，雖然他對這裡的生活並不算滿意，但是他在學校的表現卻非常出色。例如當時這所學校的數學系碩士 R.B. 馬耶爾就曾說：「自從我來到拉格比公學後，我還從來沒有見過比卡羅更有出息的人。」卡羅於 1849 年離開了拉格比公學。在 1850 年 5 月，他獲得了進入牛津大學基督學院的資格——而這也是他父親所就讀的學院，並於 1851 年 1 月正式獲得了定居的資格。但是，在他剛剛入學兩天後，他就收到了召喚回家令：他的母親死於「腦炎」（當時年僅 47 歲）——確切地說，可能為腦膜炎。

他的早期學術生涯在明亮前途與不可抗拒的誘惑中擺蕩。他雖然並不總是刻苦學習，但是擁著不凡的天賦總是輕易得到成就。他於 1852 年獲得了牛津大學數學學士考試的一等榮譽獎，緊隨其後又獲得了由他父親的老朋友 —— 愛德華・布弗里・蒲賽頒發的獎學金。在 1854 年，他得到了最終數學學術考試的一等榮譽，并獲得了全學生中的第一名，得到了文學士的學位。這之後，他留在了基督堂學院學習與教學，但他在接下來的一年卻沒有得到一個重要的獎學金 —— 因為他自己認為他沒有能力獲得這個獎學金，便沒有去申請。但即使如此，他身為一名數學家的天賦還是讓他在 1855 年得到了基督堂學院的講師職位。他在此教授數學二十六年。雖然剛開始他對留在基督堂學院並不太高興，但他仍然一直待在這裡擔任著各種職務，直至去世。

路易斯・卡羅寫的故事信件

在《愛麗絲夢遊仙境》一書裡，有一個小男孩名叫查爾斯・魯特維奇・道奇森。當然，道奇森是與他的父母以及十個兄弟姐妹，生活在英格蘭一座美麗的農場裡。但在他的大部分玩耍時間裡，都是與愛麗絲以及公爵夫人在仙境裡度過

的，因此我們可以說他事實上就是居住在那裡的。

雖然道奇森的農場遠離喧囂的人群，但是這裡的孩子們卻過著非常快樂的生活。他們自己發明出了一些遊戲，自己製造出玩具。查爾斯是一位聰明的魔術師，他的一些魔術，只是憑藉手法就能讓自己的兄弟姐妹們感到非常驚訝。當然，在服裝方面，他也許還需要幾個姐姐們的幫忙。最後，他弄出了一個牽線木偶的劇團以及一個玩具戲院。他自己寫出了所有劇本。毋庸置疑，其中很多的場景都是他在仙境裡所見到的場景的真實呈現。

當查爾斯長大成人之後，他就採用了一個筆名「路易斯‧卡羅」。

比方說，「路易斯‧卡羅」這個名字就是查爾斯‧道奇森的筆名。

當查爾斯‧狄更斯第一次發表文章的時候，他的筆名就寫著「波斯」，而華特‧司格特爵士在很長一段時間裡都是用「威弗利」這個筆名的。

在鋼筆出現之前，很多從事寫作的人都是使用鵝毛筆的，這些鵝毛都是鵝身上割下來的。而手柄上通常都會放著一些羽毛，因此我們很容易就知道法語中「plume」這個詞語的意思，它的意思就是「筆」。

路易斯·卡羅

　　雖然道奇森是一位嚴謹的數學家，寫出了一些專業的書籍，但他還與很多的孩子都成為了朋友。他曾經表示，自己與孩子交往的時間占據了自己一生四分之三的時間。

　　「跟我們說一個故事吧！」某天，當路易斯·卡羅帶三個小女孩到河裡划船的時候，女孩們這樣說。這一天的天氣很溫暖，於是就離船上岸。當他們在樹叢下休息的時候，卡羅跟他們講了「愛麗絲仙境漫遊」的故事。

　　對那些喜愛愛麗絲這個女孩的人來說，這是一場有趣的遠足。我們覺得七月四日是她的生日，因為卡羅正是在這天的時候講述這個故事的。

　　成年人也聽說過這個故事，因為世界各地的孩子們都懇求路易斯·卡羅去創作這樣的故事。卡羅也這樣做了。在西元 1865 年，《愛麗絲漫遊仙境》這本書正式出版。

　　路易斯·卡羅收到的第一封信是來自他母親的。他認為這封信非常珍貴，很擔心其他的孩子會把這封信撕爛或者丟了，於是他就在信封上這樣寫道：「誰也不准碰這封信。這是屬於查爾斯·魯特維奇·道奇森的。信件上塗著黏糊糊的瀝青，這對手指是有傷害的。」

　　路易斯·卡羅的信件與大多數人不大一樣。

　　卡羅的這封信，肯定會讓收到信的小朋友，在很長一段時間裡感到非常高興。

西元 1880 年 3 月 8 日，牛津的基督教堂

我親愛的亞達：

　　（這不是你的小名嗎？阿德萊德這個名字也不錯，而當一個人非常忙碌的時候，就沒有時間寫這麼長的名字——特別是當我們還需要花費半個小時去思考怎麼拼寫這個名字的單字——即便如此，人們還是需要找一本字典去檢查是否拼寫正確。當然，我的字典放在另一個房間，就擺放在書架最上面的位置——這一放就是放了幾個月，字典的封面肯定也是積滿了灰塵——因此，我們首先要找來一個撢子，接著我們還要區分哪一本是字典，哪些才是灰塵。即使在此時，我們還需要記住字母「a」的位置是在哪裡，因為我們可以肯定，絕對不是在中間的位置。接著，我們必須要走出房間，洗乾淨雙手，然後翻開字典。因為字典裡每一頁都積滿了灰塵，很難看的清楚。此時，我們會想著去尋找肥皂，卻發現肥皂不知在哪裡，發現水壺裡也沒有水，而且還沒有毛巾。我們耗費許多時間去尋找這些東西。也許，到最後，我們只能跑去商店買一塊新肥皂。我嘮嘮叨叨了這麼久，希望你不會在意我把你名字寫的那麼短，直接將你稱呼為「我親愛的亞達」。）

　　你在上一封信裡提到你想要我的照片。我這就給你寄過去。我希望你會喜歡這張照片。當我來到華盛頓之後，我絕對不會忘記去見你的。

　　　　　　　　　永遠忠誠於你的朋友

　　　　　　　　　路易斯·卡羅

　　路易斯·卡羅在維特島海邊的一間小屋度過了許多個夏天。他正是在這裡與很多小女孩成為了朋友。下面這封信就寫給其中一位小女孩的。

　　西元 1876 年 7 月 21 日，牛津基督教堂

　　我親愛的格特魯德：

　　我想問問你，要是沒有你在桑當鎮這裡陪我看，我怎麼會感到開心呢？我一個人在沙灘上漫步，該多麼孤單啊？我獨自一人又該怎樣坐在那些木製的階梯上呢？因此，你也看到了，沒有你過來陪我玩，我什麼事情都不願做。你要快點過來啊！如果維爾利特過來的話，我會告訴她邀請你過來與她一起玩耍，那麼我就會前去石南花響鐘去接你。

　　如果我真的過去那裡，我覺得很難在當天回來，因此你必須要為我在斯沃尼奇某個地方準備一張床。如果你找不到一張床的話，那麼我想你就會在海灘上度過一個晚上，因為你要把你的床讓給我睡。客人肯定要優先於小孩子嘛，這是理所當然的。我覺得現在這麼溫暖的天氣，海邊也不會感覺到冷。如果你在那裡感到有點涼意的話，也可以去活動更衣間，大家都知道那裡有一張非常舒適的床可以睡覺。你知道

那裡的人是故意用軟木去做地板的。我要給你寄去七個親吻
（這足以持續一個星期了）。

我永遠都是愛著你的朋友
路易斯・卡羅

　　路易斯・卡羅在寫信的時候，幾乎都會講述一個故事。
下面幾封信就是他寫給幾位小朋友的。

我親愛的博迪：

　　我在湯姆門外面見到了它，只見它走路的姿勢非常僵
硬。我覺得它正在掙扎著走回自己的房間。因此我說：「你怎
麼能在沒有博迪的陪伴下來到這裡呢？」它回答說：「博迪走
了，艾米麗也走了，馬貝爾對我不是很友善！」兩行閃亮的淚
水從它的臉頰上流了下來。

　　哎，我真的是太蠢了！我還沒有告訴過你它到底是誰
呢？這是你剛剛買的一個玩偶。我很高興見到它，我將它帶
到了我的房間，給了它一些短火柴吃，還有一杯融化掉的蠟
燭來喝，因為這個可憐的傢伙在走了這麼久之後又餓又渴。
於是，我就說：「過來吧！坐到火爐旁吧！讓我們好好地聊聊
天吧！」「哦，不行的！不行的！」它大聲說：「我不想這樣
做，你知道我很容易融化掉的。」它讓我帶它到房間的另一個
位置，因為那個位置是比較陰冷的。它就坐在我的膝蓋上，

用一張拭筆布擦拭自己，因為它說自己很害怕自己的鼻子會漸漸融化掉。

「你根本不知道我們這些玩偶要多麼小心才行，」它說，「你知道嗎？我還有一個姐姐，你能相信嗎？它之前想要走到火爐旁溫暖一下自己的雙手，結果它的雙手立即融化掉了！它的那雙手就在那裡！」「它的雙手當然會立即融化掉了，」我說，「因為這是它的右手嘛。」「卡羅先生，你怎麼知道這是右手呢？」這個玩偶問道。於是我說：「我認為這肯定是右手，因為另一隻手就是左手。」

玩偶說：「我真不該笑出聲來的，這是一個很糟糕的笑話。（這個笑話的笑點就在於 right 這個單字，既有右手的意思，在搭配了 off 這個單字之後，又有「立即」的意思）。你知道，即便是一個普通的木製玩偶都能說出一個更好的笑話。還有，他們在製作我的時候讓我的嘴巴顯得太僵硬了，即便我很想笑出來，也是很難笑得盡興的！」我說：「千萬不要為這樣的事情感到煩惱，但你要告訴我這點：我即將要給博迪以及其他孩子每人一張照片，你認為博迪會選擇哪一張照片呢？」「我不知道，」玩偶回答說，「你最好親自去問問她本人！」於是，我就用一輛二輪輕馬車將它帶回家……

永遠忠實於你的朋友
路易斯·卡羅

西元 1892 年 9 月 17 日，伊斯特本列星頓路

　　哦，你這個淘氣的小傢伙！如果我能夠用一根簡易的木棍（十英尺長，四英寸寬的木棍是我最喜歡的尺寸）飛到富勒姆的話，我一定會敲打一下你那脆弱的關節。當然，這不會給你造成什麼傷害的。但我要給你一個小小的懲罰 —— 這個懲罰就是一年的監禁。如果你想要告訴富勒姆地區的員警，那麼他們就會幫你完成這個目標，他們會用一副全新的手銬銬著你，然後將你關在一間乾淨舒適的牢房裡，然後每天給你吃乾麵包，讓你沖冷水澡。

　　但是，你真的不該說出那樣的話來！我對於你說的「裝滿一個麻布袋的愛意與一籃子的親吻」這句話感到非常不解，最後我才明白了你的意思。當然，你的意思是說「一麻布袋的手套與一籃子的小貓咪」。之後，我才明白了你的來信到底是什麼意思。此時，戴爾女士走過來告訴我一個大麻袋與一個籃子已經寄過來了。接著，房子裡就到處都是貓咪發出的聲音，似乎伊斯特本的老鼠全都跑過來看望我了！「哦，戴爾女士，請妳打開這個麻布袋，然後清點一下裡面的東西！」

　　於是，幾分鐘之後，戴爾女士就過來說：「麻布袋裡有五百雙手套，籃子裡有兩百五十隻小貓。」

　　「我的乖乖！五百雙手套也就是有一千隻手套了！這是小貓咪數量的四倍之多！瑪姬真的是太慷慨了，為什麼她要送

給我這麼多手套呢？但是，我根本沒有一千隻手啊！戴爾女士，妳說我說的對不對？」

戴爾女士回答說：「是的，妳的確沒有一千隻手，妳距離一千隻手還差九百九十八隻。」

但在第二天，我想到了該怎麼去做，於是我就帶上了籃子，走到了教區學校——這是一所女子學校——我對那裡的女主人說：「妳們學校有多少名女學生呢？」

「先生，剛好有二百五十名女學生。」

「那她們這些天都過得怎樣呢？」

「先生，她們都非常好。」

於是，我就手提著籃子站在大門外等候。每當一個女生走出大門了，我就送給她們一隻小貓咪。哦，這讓我感到了莫大的快樂！這些小女生在回家的路上都高興得手舞足蹈，表示要好好地照顧自己的小貓咪，整個空氣裡彷彿都彌漫著貓咪發出的咕嚕咕嚕聲！接著，在第二天的早上，我在校門尚未打開之前就來到了學校，詢問這些小女生她們的貓咪在前一天晚上表現如何。她們都紛紛抽泣起來，她們的臉龐與手臂都滿是抓痕。她們用圍裙包裹住了小貓咪，防止牠們繼續到處亂抓。她們哭泣這說：「小貓咪整個晚上都在不斷地抓著我們。」

於是我就對自己說：「瑪姬真的是一個非常好的小女生！現在我知道她為什麼要送來那麼多手套了，知道了為什麼手套的數量是貓咪數量的四倍之多了。」我大聲地對這些小女生說：「我親愛的孩子，沒有關係。妳們做的很好，不要再哭泣了。當妳們放學的時候，妳們會在學校門口這裡見到我，妳們將會看到妳們想要看到的東西。」

　　於是，在下午放學的時候，當小女生都走出校門的時候，她們的手上依然用圍裙包裹著小貓咪。此時，我就站在大門口處，手上提著一大個大麻布袋。每個女生走過來的時候，我只是遞給她們每人兩雙手套！每個小女生都可以將她們的圍裙放下來，取出那隻正在發出咆哮聲的憤怒小貓咪，小貓咪的四隻爪子就像是刺蝟那樣露了出來。但是，小貓咪已經沒有機會去抓什麼了，因為牠們很快就發現自己的四隻爪子被一個柔軟溫暖的手套套住了！之後，小貓咪都表現的非常溫順與柔和，然後再次開始發出咕嚕咕嚕的聲音。

　　於是，小女孩們再次高興地跳著舞回家了。在第二天早上，她們又再次歡快地上學去了。她們身上的抓痕都已經全部消失了。她們對我說：「小貓咪乖多了！」每當小貓咪想要捉一隻老鼠的時候，只需要脫下貓咪的一隻爪子的手套，如果貓咪想要捉兩隻老鼠，就需要脫下兩個手套，如果想要捉三隻老鼠，就要脫下三個手套，如果想要捉四隻老鼠，就要

將全部的手套都脫掉。而一旦貓咪捉到了老鼠,她們就會立即將手套套上去,因為她們知道要是貓咪沒有這些手套套住的話,那麼她們就不會喜歡這些到處亂抓的貓咪。因此,你可以看到了,這些「手套」裡面還有愛意的存在的(此處手套的英文單字是 glove,而愛意的單字是 love,因此 glove 一詞的確包括了 love 在內了,這是作者戲謔的說法)——沒有「手套」就沒有「愛意」。

因此,所有的小女生都說:「請妳轉告瑪姬我們對她的愛意,我們要給她送去二百五十份愛意與一千個吻用來報導她的二百五十隻貓咪與一千隻手套。」

永遠愛妳的老叔叔
路易斯‧卡羅

記得將我的愛意與親吻轉送給內里與恩斯。

下面這封信被稱為「要用鏡子去看的信件」,也許,要是我們倒著閱讀這封信的話,就會感受到其中的樂趣:

我親愛的內里:

你送給我你為我祖父製作的好看的椅墊,真是太好了!這張椅墊的品質真的是太好了。你知道我是怎麼想到這是為誰而製作的嗎?這是伊薩告訴我的。她說你在多年前已經製作出來了:當然,不用她說,我都知道你曾對自己說,當你

開始做一件事情，就一定會為你的叔叔道奇森製作一件很不錯的東西。但是，你也知道，那個時候我還沒有出生呢。當時唯一在世的「道奇森叔叔」就是我的祖父。因此，你的這個東西肯定是為他做的。我的祖父現在已經過世了，我也不難理解你為什麼這麼喜歡他：你將這件事忘記了七八十年才去做，最後才送到了他的孫子手中，讓他老人家沒有親眼看到，這實在是一件遺憾的事情啊！

永遠愛你的叔叔
路易斯·卡羅

官網

國家圖書館出版品預行編目資料

那些大人物寫給孩子們的信：林肯、狄更斯、安徒生、
孟德爾頌、海倫‧凱勒……踏上未知旅途，一覽生活
無盡希望 / [美] 伊莉莎白‧科爾森（Elizabeth Colson），安娜‧甘斯華特‧奇滕登（Anna Gansevoort Chittenden）選編，孔謐 譯 . -- 第一版 . -- 臺北市：崧燁文化事業有限公司 , 2023.06
面；　公分
POD 版
ISBN 978-626-357-384-0(平裝)
813.5　　112007122

那些大人物寫給孩子們的信：林肯、狄更斯、安徒生、孟德爾頌、海倫‧凱勒……踏上未知旅途，一覽生活無盡希望

臉書

選　　編：[美] 伊莉莎白‧科爾森（Elizabeth Colson），
　　　　　安娜‧甘斯華特‧奇滕登（Anna Gansevoort Chittenden）

翻　　譯：孔謐

發 行 人：黃振庭

出 版 者：崧燁文化事業有限公司

發 行 者：崧燁文化事業有限公司

E - m a i l：sonbookservice@gmail.com

粉 絲 頁：https://www.facebook.com/sonbookss/

網　　址：https://sonbook.net/

地　　址：台北市中正區重慶南路一段六十一號八樓 815 室

Rm. 815, 8F., No.61, Sec. 1, Chongqing S. Rd., Zhongzheng Dist., Taipei City 100, Taiwan

電　　話：(02)2370-3310　　傳　　真：(02) 2388-1990

印　　刷：京峯彩色印刷有限公司（京峰數位）

律師顧問：廣華律師事務所 張珮琦律師

─ 版權聲明 ───────────────────────

定　　價：299 元

發行日期：2023 年 06 月第一版
◎本書以 POD 印製